노루인간

조프루아 들로름
홍세화 옮김

노루인간

텐트도 침낭도 없이 야생에서 보낸 7년

꾸리에

나의 가장 친한 친구, 셰비에게.
넌 내게 보고 느끼고 사랑하는 법을 가르쳐줬어.
내게 모든 게 가능하다고 믿게 하고
나 자신이 되도록 가르쳐줬어.

오로르에게

자연은 우리가 보는 모든 것,
우리가 바라는 모든 것, 우리가 사랑하는 모든 것.
우리가 아는 모든 것, 우리가 믿는 모든 것,
우리 안에서 느끼는 모든 것이야.

보는 사람에게 자연은 아름다워,
소중히 여기는 사람에게 친절하고,
우리가 믿어주고 우리 안에서
존중할 때 자연은 올바른 것이야.

하늘을 봐, 너를 보고 있어,
땅에 입을 맞추어봐, 땅은 너를 사랑해.
우리가 자연에서 믿는 것이
너 자신이라는 것, 그게 바로 진실이야.

_조르주 상드

차례

프롤로그

남자일까, 여자일까? 내 눈은 30미터 이상 떨어진 곳에 있는 저런 차림의 세세한 부분까지 분간할 능력을 잃은 지 오래됐어. 저 사람 옆에 깡충깡충 뛰는 동물도 있네? 안 돼, 제발, 개가 아니기를! 저 녀석이 내 친구들을 겁주어 도망치게 하지 않게 저들을 막아야 해.

내 친구들처럼 나도 내 영역을 강력하게 주장하게 됐어. 내 영역에 들어오는 자는 누구든 잠재적인 위험으로 여기게 되었지. 사생활이 침해당하는 느낌이 들거든. 내 영역은 반경 5킬로미터야. 누구든 눈에 띄자마자 나는 그를 따라가서 지켜보고 탐색해. 수시로 내 영역 안으로 들어오면 나는 그를 쫓아내기 위해 최선을 다할 거야.

덤불에서 나와 산책자가 앞으로 더 나아가는 것을 막아야겠다고 작심했어. 달콤한 제비꽃 향기가 콧구멍으로 혹 들어왔어. 산책자는 여자가 틀림없었어. 좁은 숲길을 올라가면서 나는 지난 몇 달 동안이나 사람들과 말을 섞지 않았다는 것을 알아차렸어. 7년 동안 숲에서 살았고 오로지 동물들하고만 소통했으니까. 처음 몇 해 동안에는 인간사회와 야생의 세계 사이를 오갔어. 하지만 시간이 흐른 뒤, 나의 진정한 가족이 된 노루들과 함께 살려고 "문명"이라 부르는 것에 완전히 등을 돌렸어.

좁은 숲길을 걸어가는 도중 내 삶에서 완전히 없앴다고 믿었던 감정들이 되살아나고 있었어. 나는 어떤 모습일까? 머리 모양은? 머리칼은 몇 년 동안 빗질을 하지 않았고, 조그만 재봉 가위로 "아무렇게나" 잘랐을 뿐이야. 다행히도 내겐 수염이 별로 없어. 그것만 해도 어디야. 옷은? 바지는 흙이 잔뜩 들러붙어 쩍쩍 갈라진 상태라 조각상처럼 버티고 서 있을 수 있어. 그래도 오늘은 옷이 젖어 있진 않네. 모험을 시작했을 때만 해도 이따금 작고 둥근 상자에 넣어 둔 손거울로 내 모습을 들여다보곤 했지. 하지만 시간이 흐르면서 손거울은 추위와 습기 때문에 뿌옇게 되어 버렸어. 솔직히 말해, 나는 이제 내가 어떻게 생겼는지 잘 모르겠어.

여자구나. 그녀를 놀라게 하지 않게 예의를 갖추어야지. 하지만 사람의 일이란 알 수 없으니까 경계를 늦추어선 안 돼. 어떤 말로 시작할까? "안녕하세요?" 그래, "안녕하세요"가 좋겠다. 아냐, 그보다는 오히려 "좋은 저녁이네요"가 낫겠다. 벌써 하루가 저물고 있으니까.

"좋은 저녁이네요…."

"좋은 저녁이네요, 무슈."

1

아주 어린 시절, 그러니까 초등학교 1학년 수업시간—읽고 쓰고 숫자를 세고 사회에서의 품행을 배우는 시간—에 따사로운 교실에서 인간으로서 미래의 삶의 기초를 찾을 때면 나는 곧잘 창문 사이로 고귀한 야생의 세계를 감상하곤 했어. 나의 시선은 참새, 울새, 박새를 비롯해 내 시야를 지나가는 모든 동물들을 따라갔고, 그 작은 생물들이 그렇게 자유를 누릴 수 있다는 게 얼마나 행운인지에 관해 음미하곤 했어. 여섯 살이 되어 교실에 갇혀 있을 때 다른 아이들이 즐거워하는 동안에도 나는 벌써 그 자유를 갈망하고 있었어. 바깥에서의 삶이 얼마나 힘겨울 것인지에 대해서는 분명히 가늠하고 있었어. 하지만 설령 위험할지라도 단순하면서 평온한 그 존재들을 지켜보는 일은 나를 가두려 한다고 느꼈던 인간의 전망에 맞서는 반항의 싹을 내 안에서 틔우게 했어. 매일 교실 뒤쪽 창문을 지나갈 때마다 나는 소위 "사회적" 가치관에서 조금씩 멀어져갔어. 나침반의 자석처럼 야생의 세계가 나를 그쪽으로 확실히 끌어당기고 있었던 거야.

신학기가 시작된 지 몇 달 지나지 않았을 즈음, 표면적으로는 대수롭지 않은 사건 하나가 반항의 싹을 키우게 했어. 어느 날 아침, 수업에 들어갔는데 수영하러 나간다고 했어. 선천적으로 겁이 많은 편이라 벌써부터 걱정이 태산이었지. 수영장 앞에 도착하자 온몸이 얼어버렸어. 그렇게 많은 물을 본 게 생전 처음인 데다 수영을 해 본 적이 한 번도 없어서 본능적으로 두려움에 휩싸였지. 다른 아이들은 모두 아주 편안해 보였지만 나는 이를 악물고 있었어. 기다란 얼굴에 엄하게 생긴 붉은 머리칼의 여성 수영강사가 내게 물에 들어가라고 했어. 거부했어. 그녀는 얼굴을 잔뜩 찌푸린 채 딱딱한 목소리로 뛰어들라고 지시했어. 또 거부했어. 그러자 군인처럼 저벅저벅 걸어와서는 내 손을 휙 낚아채더니 수영장 안에 확 밀어넣었어. 아니나 다를까, 수영할 줄 몰랐던 나는 물을 먹었고 가라앉기 시작했어. 죽기 살기로 두 팔을 허우적거리는 동안 사형집행인이 내 쪽으로 뛰어드는 것을 보았어. 나는 공포에 질렸어. 그녀가 죽이러 온다고 믿었으니까! 그러자 생존 본능이 나로 하여금 상상할 수 없는 일을 하게 했어. 나는 강아지처럼 수영장 한가운데로 헤엄쳐 간 뒤 깊은 수영장과 분리하는 안전망 밑으로 잠수해 맞은편 끄트머리로 갔어. 맞은편에 닿자 사다리를 타고 올라가 온 힘을 다해 탈의실로 달려가 몸을 피했어. 거기서 바지와 티셔츠로 갈아입었어. 수영장에서 나온 강사는 온 사방으로 나를 찾아다녔어. 축축한 바닥을 밟는 그녀의 발소리가 개별 탈의실 양쪽 사이의 좁은 통로를 걷고 있다는 것을 알게 해 주었지. 나는 왼쪽에서 세 번째 탈의실에 숨어 있었어. 그녀가 첫 번째 탈의실 문을 열었고, 쾅 소리가 나며 문이 닫혔어. 심장이 멈추기 일보 직전이었지. 그녀가 두 번째 탈의실 문을 열었어. 마찬가지로 쾅 소리와 함께 닫혔어. 끔찍한 소음을 듣고 있으려니 앞에 있는 문이란 문을 모두 부숴버릴 것 같다는 느낌이 들었어. 공포에 질린 나는 이곳저곳으로 기어 들어가 칸막이벽과 바닥 사이 공간에 숨었어. 맨 끝 탈의실에 다다랐을 때 그녀가 칸막이로 된 내부를 살피는 몇 초 동안 살그머니 맞은편 건너 출구까지 갔어. 바깥으로 나와 길거리로 헐레벌떡 냅다 달렸어. 눈은 수영장을 소독하는 염소 섞인 물과 눈물로 범벅이었어. 그때 잘 아는 아저씨 한 분이 멈춰 세우더니 내 손을 잡고 따라오라고 했어. 통학버스 기사님이었어. 아저씨는 내가 혼자 나오는 것을 보고 나를 따라 나온 참이었어. 나는 딸꾹질해가며 자초지종을 말했고 더는 수영장에 돌아갈 수 없는 이유에 대해 설명했어. 아저씨의 목소리와 말에 조금 안심이 되었어. 그 작은 모험은 그렇게 끝났는데, 담임 선생님에겐 누군가가 나의 실종사건의 전말을 알려주었어. 나는 통학버스의 맨 뒤에 홀로 있었어. 선생님들과 친구들이 빤히 쳐다보는 눈길이 꼭 나를 감시해야 할 야생의 위험한 동물을 바라보는 것처럼 느껴졌어. 그 사건 뒤에 나에게는 학교를 그만 다니라는 결정이 내려졌어. 국립원격교육센터(CNED) 덕분에 집에서 교육을 받을 수 있었어.

그렇게 나는 내 방에서 홀로 외부세계와 고립된 채 친구도 선생님도 없이 지냈어. 다행스럽게도 자연과 야생의 생명을 이야기하는 문

학의 보물(니콜라 바니에, 쿠스토, 다이앤 포시, 제인 구달 등등)이 있는 큰 도서관을 이용할 수 있었어. 또 온갖 대중적인 자연과학 서적들(『일상의 자연』, 『강자의 법칙』, 『숲속의 친구들』)도 섭렵했어. 정말로 귀중한 정보들로 꽉 차 있었는데, 나는 이 정보들을 내 수준에 맞게 우리 집 정원에 적용하기로 했어. 우리 집 주변에는 사과나무, 자두나무, 버찌나무, 유럽매자나무 울타리, 홍자단, 피라칸타와 장미나무가 울창해서 지루할 틈이 없었어. 금세 이 모든 초목을 살피는 게 나의 주요 탈출구가 되었어.

어느 날 아침, 티티새가 내 방 앞에 있는 울타리에 둥지를 튼 것을 발견했어. 그 발견은 어린아이의 머릿속에 절대명령을 낳게 했어. 새들을 지켜야 한다는 것이었지. 나는 쉬운 먹잇감의 냄새를 맡은 고양이들을 쫓아내려고 주차장 경비원처럼 울타리 주변에서 순찰을 시작했어. 어느 시각이든, 낮이든 밤이든, 어른들의 감독이 소홀해지기만 하면 창문을 열고 고양이처럼 살금살금 몰래 바깥으로 빠져나가 깃털 달린 나의 작은 가족을 살펴봤어. 새들도 나를 자주 보자 점차 익숙하게 대하는 것 같았어. 접시에 먹이를 담아 새들에게 줬어. 빵가루와 지렁이, 곤충 같은 것들이었어. 부모새들은 그것들을 부리로 쪼아서 새끼들에게 갖다주었어. 하루하루 지나면서 나는 새들의 신뢰를 조금씩 더 얻어갔어. 마침내 울타리 안으로 들어가 짹짹거리는 새끼들의 모습을 20센티미터 떨어진 곳에서 지켜볼 수 있게 되었어. 드디어 둥지를 떠날 때가 되자 제일 먼저 아비새가 나왔어. 아비새 뒤로 어린 새끼들이 한 마리씩 뛰어내려 땅에 떨어졌어. 그리고 어미새가 마지막으로 나왔어. 새들은 울타리 주위를 맴돌았어. 이따금 나에게 다가오기도 했어. 내게 자기들을 소개하고 싶어 한다는 인상을 받았어. 아홉 살 소년의 가슴은 쿵쾅거렸어. 그것이 야생의 세계와의 첫 만남이었는데, 그 모습을 영원히 남기고 싶어서 새끼들의 사진을 한 장 찍어 국립원격교육센터의 담당자인 크리게르 선생님에게 보냈어.

산책할 때마다 조금씩 더 멀리까지 주변 탐사를 했어. 울타리 너머에는 철책이 있었는데 그 밑에 구멍이 파여 있었어. 아마 여우들이 파 놓았을 거야. 나는 어려움 없이 그 밑으로 살짝 빠져나가 이웃하는 들판을 발견했고 그에 따르는 모험의 전망도 발견했어. 처음 몇 번 달빛이 거의 비치지 않을 때는 자유에 대한 갈증에 언제나 두려움이 뒤따랐고, 순진하고 어린 소년의 조심성이 언제나 어린 모험가의 불타오르는 본능을 억눌렀어. 하지만 자연의 유혹을 억제할 수 없었던 나는 금세 야생의 삶 쪽으로 기울었어. 그리고 그 새로운 놀이터에서 모든 감각이 깨어나고 있었어. 내 발걸음에 집중하면서 지형과 토양의 질을 기억해 두었어. 매일 저녁이 되면 촉각이 시각을 대신했고 내 몸은 눈을 감고 걸을 수 있을 때까지 지형을 익혔어. 밤에 어둠 속에서 깨어난 사람이 전기 스위치가 어디 있는지 알 때 몸이 반응하는 기억의 과정과 똑같은 것이라고나 할까. 이 경우는 야생의 자연에서 그걸 적용했다는 점만 달랐을 뿐이야. 냄새 또한 바뀌었어. 가령 쐐기풀은 밤에 훨씬 더 강한 냄새를 풍겼어. 흙조차도 같은 냄새를 뿜어내지 않았어. 프티생투앙 늪의 습한 냄새를 맡으면 여정이 곧 끝난다는 것을 알게 되었어. 거기서 앞으로 조금 더 나아가면 산림감시원 초소와 만나게 되어 있었어. 그리고 그 너머에는 미지의 숲이 있었어. 쏙독새들이 머리 위에서 빙빙 맴돌았는데, 그 새들은 한결같은 음으로 요란하게 쏘아대는 듯한 신기한 소리를 내며 날았어. 나는 무섭지 않았어. 기분이 좋았어.

내면 깊숙한 곳에 있는 자유에 대한 본능은 기회가 생길 때마다 몰래 빠져나가도록 이끌었어. 나에게 존중할 가치가 있어 보이는 규칙은 단 하나, 바로 자연의 규칙이었어. 나는 나뭇가지를 부러뜨린 적이 없었어. 심지어 죽은 나뭇가지도 건드리지 않았어. 항상 더 정교한 의식을 고안해내곤 했어. 그 한계가 거의 터무니없다고 말할 정도였지. 가령 키 큰 나무들 왼쪽으로는 지나가지 않았는데, 왜냐면 오른쪽으로 나무를 돌 때 내가 목격하는 여러 사건이 눈에 더 잘 띄기도 하고 더 많다는, 말로 설명할 수 없는 느낌이 들었기 때문이었어. 그런 식으로 나는 자연과 상상의 세계 및 영성과의 관계를 구축했는데, 그 관계는 입증되고 추론되고 유치한 신비주의로 물든 것이었어.

얼마 전부터 여우 한 마리가 우리 정원의 울창한 나무 아래로 잠을 자러 왔어. 어느 겨울 저녁, 그를 따라 들판을 가로질러 가야겠다고 마음먹었어. 산림감시원 초소 앞에 다다른 나는 그가 총총거리며 계속 길을 따라가는 것을 보았어. 미지의 세계로 뛰어들 시간이었지. 100미터 정도 더 나아가자 숲 기슭에서 그 젊은 여우는 내게 굴 입구

소나무 숲. 폭풍이 몰아칠 때면 이곳에 오곤 했다. 소나무들은 바람을 효과적으로 차단했고, 그곳에는 소기후小氣候가 자주 형성되었다. 주위에 비해 기온이 1, 2도 정도 더 높았다. 나는 땅에 떨어진 솔방울들과 솔잎들로 어렵지 않게 불을 피울 수 있었다.

를 보게 해주었어. 전에는 내 방에서 그렇게 멀리까지 모험한 적이 없었어. 항상 같은 방향에서 불어오는 바람은 들판에서 나는 모든 냄새를 실어 왔어. 갑자기 어둠이 짙어졌어. 들리는 소리도 바뀌었어. 새로운 소리가 무수히 들려왔는데, 뭇 생명들이 그 깊은 숲속에 있기 때문이었어. 나는 그 신비로움이 빚어내는 아드레날린 솟구치는 전율을 느낄 수 있을 만큼 수십 미터 더 들어간 뒤에야 돌아왔어. 실상, 그곳에는 두려워할 게 없었어. 위험은 숲에 있지 않아. 동물들은 그것을 잘 알고 있어. 경계해야 할 곳은 숲이 아니라 벌판이라는 것을 말이야. 숲은 마음을 사로잡아 호리는 힘이 있어. 나는 매일 저녁마다 숲을 함부로 다루지 않도록 세심하게 주의를 기울이며 조금씩 더 멀리 모험에 나섰어. 그러던 어느 날 밤 수사슴과 정면으로 마주쳤어. 늦여름에 사슴이 빽빽 우는 소리는 자주 들었지만 과감하게 다가간 적은 없었어. 열 살짜리 소년에게 한밤중에 들리는 거친 울음소리는 너무나 위협적이었어. 예상치 못한 마주침에 나는 겁이 나서 돌처럼 굳어버렸어. 내 앞 10미터도 떨어져 있지 않은 곳에서 육중한 몸이 발걸음을 옮길 때마다 땅이 진동하면서 내는 그 생물이 발산하는 힘에 압도당하고 말았어. 심장이 얼마나 쿵쿵 뛰던지 그 소리가 수백 미터 주위에서도 들릴 지경이었어. 돌연 그가 나를 향하더니 쉰 목소리로 울어대기 시작했어. 그러자 주변에 있던 암사슴들이 그보다는 조금 낮지만 강력한 소리로 화답하기 시작했어. 울음소리가 들릴 때마다 심장이 덜덜 떨렸어. 하이파이 시스템의 저주파수처럼 말이야. 마침내 수사슴이 방향을 바꾸었어. 나도 뒤돌아섰어. 그 수사슴 때문에 거기 갔던 게 아니라는 걸 보여주려는 것이었지. 숲의 우여곡절이 두 존재를 만나게 했듯 우리는 그렇게 헤어졌어. 얼마 후 이불 속으로 기어들어 가면서 그 수사슴이 내 짧은 인생에 있어서 가장 아름다운 교훈을 주었다는 것을 깨달았어. 동물은 나를 해치지 않는다는 것이었어. 그곳으로 다시 돌아가고 싶은 마음이 굴뚝같았지만 참아야 했어. 야생의 세계는 초심자에게는 문을 열지 않아.

그때부터 집안 식구들이 잠들자마자 내 방의 창문을 열고 나와 티티새가 둥지를 틀고 있는 울타리 뒤를 슬며시 지나 철책 밑으로, 그리고는 쏙독새들의 들판을 건너 커다란 나무들 숲이 연출하는 희미한 빛과 동물들이 우글거리는 곳을 찾아 나섰어. 처음 나를 거기까지 안내해 주었던 여우들이 굴을 파고 사는 또 다른 이웃을 발견하게 해 주었어. 오소리들이었어. 머리 위에서는 올빼미와 부엉이를 보았어. 아, 숲속에 으스스한 동물이 있다면 그건 틀림없이 부엉이야. 그 무엇도 그 누구도 두려워하지 않는 조용한 포식자야. 살랑거리는 소리가 쉼 없이 들리는 숲에서 부엉이는 소리 없이 날기로 유명하지만 일단 호기심이 발동하면 주저하지 않고 아주 가까이 다가와. 처음 부엉이와 마주쳤을 때 나는 영화 "쥬라기 공원"의 무시무시한 장면에서처럼 사시나무 떨듯 떨었어. 미처 알아차릴 틈도 없이, 그 동물이 내 앞 2미터도 안 되는 나뭇가지에 내려앉았던 것이었어. 그는 경고도 없이 갑자기 "부우부우" 울기 시작했어. 그 소리에 깜짝 놀라 뒤로 풀쩍 뛰었는데 그루터기 너머로 발을 헛디뎌 넘어지면서 사지는 공중에 뜨고 눈은 휘둥그레지고 엉덩이는 진창에 빠져버렸어. 숲의 밤 생활은 짜릿했어. 많은 동물들이 밤에 일상적인 일을 수행했어. 작은 동물들이든 큰 동물이든 똑같았어. 그런데 어떤 동물은 조금도 쉬지 않는 것 같았어. 낮에는 우리 집 정원을 돌아다니고 밤에는 요리조리 뛰어다니는 다람쥐의 경우가 그랬어. 다람쥐들은 도대체 언제 잠을 잘 시간을 갖는 걸까? 이 질문은 내가 잘못 알고 있다는 것을 알아차릴 때까지 뇌리를 떠나지 않았어. 숲의 세계를 잘 그린 책을 여러 권 훑어보다가 밤에 내가 관찰했던 활기 넘치는 작은 설치류가 실은 다람쥐가 아니라 어린 겨울잠쥐라는 걸 알게 됐어. 녀석들의 조그만 꼬리에 부풀어 오른 털 때문에 착각했던 거야.

어린 시절의 이런 모든 요인들은 야생의 삶이 어딘가에서 나를 기다리고 있어서 인간의 굴레라는 족쇄에서 벗어나기만 하면 숲이 나를 맞이해 줄 거라고 말하는 것 같았어. 나는 이 예언을 굳게 믿은 나머지 두 손을 꼭 모으고 잠들기도 했어. 잠자는 동안 여우로 변해 내 방의 창문이 열리는 새벽에 내가 꿈꾸었던 그 무한의 숲속으로 깡충깡충 뛰면서 달아날 수 있게 해달라고 기도하면서 말이야. 현실은 짜릿함이 훨씬 덜했어. 나는 거의 혼자 살았어. 친구도 급우도 없었고, 방학도 견학도 없었어. 밤에 탈주하는 걸 빼면 그냥 책상에 앉아 반대편 프랑스에 계신 선생님들과 통신하면서 공부하거나 정원에서 짧은 자전거 여행을 했을 뿐이야. 드문 일로 외출을 허락받았을 때, 예를 들어 물건을 사러 심부름갈 때면 이따금 홈스쿨링에 대하여 물어보는 상점 주인들과 대화를 나누기도 했어. 나는 모든 사람들에게 내 상황에 잘 맞는다고 대답했어. 마음속 깊은 곳에서는 좀 께름칙하긴 했을지라도 다른 아이들과 비교할 방법이 전혀 없었거든.

진실은, 나에게 강요된 이 생활이 시간이 지나면서 정신적 시련으로 바뀌었다는 점이야. 그래서 열일곱 살이 되자 밤뿐만 아니라 낮에도 숲에서 보내기로 작정했어. 그리고 대학입학 자격시험을 치르는 날에 반항심은 절정에 달했어. 나는 대학입학 자격시험 통지서를 옥수수밭에 집어던지며 학교 교육을 그만두기로 결심했어. 그즈음 몇 년 동안 자연주의 삽화를 무척 좋아한다는 사실을 알게 되었기에 데생을 공부하는 쪽으로 가고 싶었어. 하지만 "상업 활동과 커뮤니케이션"을 공부하라는 말만 들었을 뿐이었어. 나는 그 단어들의 의미조차 잘 이해하지 못했어. 결국 싸우다 지쳐 사진 강좌를 통신으로 듣는 것으로 위안 삼으며 "영업의 기술" 과정에 입학하는 데 동의했어. 야생동물에 대한 열정은 그대로였고, 그래서 그 열정으로 무언가를 해내야겠다는 의지가 있었어. 숲에 자주 가게 되면서 야생동물이 내 냄새, 내 거동, 내 태도를 알아차린다는 것을 깨달았어. 그들은 이를테면 내가 자신들의 배경에 속하게 되자 비로소 자신들 환경에 받아들였어. 그러기까지 많은 시간이 걸렸는데, 나는 장기 과정의 사진 작업이라는 구실을 대고 하루 종일이나 몇 주 동안 숲에서 보내기도 했어. 집에 돌아오면, 내가 하는 일은 직업이 될 수 없고 그런 활동으로는 먹고 살 수 없다는 말을 들었어. 하지만 나에게 돈은 우선순위가 아니었어. 나는 윤리적 안정을 찾고 있었어. 숲속 동물들을 본떠서 현재의 순간을 살아가는 것, 그것이 나를 사물의 질서 속에 있는 나의 진정한 자리로 되돌려 주었어. 생각하면 할수록 내가 위기감에 사로잡혀 있다는 것을 동물들은 보여주었어. 과거의 내 문제들, 또는 불확실한 미래에 관련된 문제들은 끝까지 포기하지 않고 현재를 끊임없이 통제하겠다는 의지와 결합하여 나를 서서히 무너뜨리고 있었어. 이에 반해 야생의 세계에 젖어 들어 주위의 자연을 관찰하는 동안 내 의식은 수많은 방식으로 깨어나면서 더욱 명료해지게 되었어.

지난 몇 달 동안 숲에서 얼마나 보냈는지, 몇 시간, 며칠을 보냈는지 알아차리지 못하고 있었어. 내 삶은 훨씬 충만했고, 기쁨과 경이로움, 평온함을 더욱더 느끼고 있었어. 그렇다고 현실감을 잃은 것은 아니었어. 지나치게 궁핍한 생활에 빠지지 않으려고 지역신문에 스포츠 관련 사진을 제공해 옷과 음식을 살 수 있었어. 아무도 나를 믿지 않았고 응원하지 않았다는 건 말할 필요도 없겠지. 사람들은 "무리"가 나를 지켜주며, 그래서 혼자서는 오래 살 수 없다는 점을 조목조목 들면서 나를 설득하려 했어. 그렇지만 사람들이 나를 붙들려고 하면 할수록 관계는 느슨해졌어. 그러다가 마침내 관계가 완전히 끊어졌어. 나는 결심했어. 숲으로 가겠다고. 그 순간에 내가 느꼈던 것을 장 드 라 퐁텐의 우화가 정확히 묘사하고 있어. 『늑대와 개』라는 우화로 내용은 다음과 같아.

늑대는 먹지 못해 피골이 상접했는데,

개들이 워낙 삼엄하게 경비를 섰기 때문이야.

이 늑대가 잘생긴 데다 힘도 센 개를 만났어.

포동포동 살도 찌고 윤기가 반질반질한 그 개는 그만 실수로 길을 잃
고 말았던 거야.

개를 공격해 토막 내고 싶었어.

늑대는 그러고 싶은 마음이 굴뚝같았지만,

그러자면 한바탕 싸움을 벌여야 하는데

개 덩치가 만만치 않아 함부로 덤벼들 수 없었어.

그래서 늑대는 개한테 공손하게 다가가

어떻게 그렇게 살도 찌고 멋지냐고 감탄하며 칭찬을 해주자 개가 대답
했어.

너 하기 나름이야.

너도 나만큼 살찔 수 있어.

숲을 떠나. 그럼 돼.

네 친구들 좀 봐. 하나같이 꼭 굶어 죽을 것처럼

불쌍하고 비쩍 말랐잖아.

왜 그렇게 살아? 정말 먹이 찾기가 너무 힘들잖아.

아무리 애를 써도 안 되잖아.

날 따라와. 그럼 네 운명이 훨씬 나아질 거야.

늑대가 대답했어. 어떻게 하면 되는데?

아, 간단해. 막대기를 들고 있는 사람들을 쫓아내고 거지들한테 짖으

면 돼.

식구들한테 꼬리치고 주인을 기쁘게 해주면 돼.

온갖 종류의 먹다 남은 음식을 그 대가로 받는 거야.

닭 뼈에 비둘기 뼈에다 귀여움을 독차지하는 것은 말할 필요도 없지.

늑대는 상상만 해도 벌써 행복에 겨워 눈물이 글썽글썽해졌어.

개를 따라가다가 늑대가 개의 목덜미에 난 자국을 보았어.

네 목에 그거 뭐야?

아무것도 아니야.

뭐? 아무것도 아니라고?

별거 아냐.

정말 뭐냐니까?

아마 나를 묶었던 목줄 때문에 생긴 자국일 거야.

늑대가 말했어.

뭐라고, 묶여 있었다고? 그래서 넌 가고 싶은 곳 어디도 달려가지 못하는 거야?

꼭 그런 건 아냐. 하지만 뭐, 그게 뭐 중요해?

아주 중요해. 나는 네 먹이가 어떤 것이든 원하지 않아.

난 그런 대가를 치러야 한다면 보물도 바라지 않을 거야.

늑대는 그렇게 말하고는 다시 숲속 멀리로 달려갔어.

  이 이야기의 교훈을 나는 이렇게 해석했어. "구속받는 부자보다 가난해도 자유로운 편이 낫다."

2

숲의 왕국에서 살기로 결심하고 나서 4월에 탐험을 시작했어. 끼니는 채식 성향을 가진 잡식동물의 식단을 따라 가능한 한 현지에서 나오는 것으로 먹기로 마음먹었어. 나로서는 그곳에 서식하는 야생동물을 먹이로 하는 환경에서 산다는 것은 상상할 수 없는 일이었어. 나는 물론 인간의 가치관에서 벗어나지 않았고, 자연이 먹이와 생존을 위해서는 타자를 죽일 수밖에 없는 포식자로 가득 차 있다는 걸 인정하면서도 타자에 대한 존중에 민감해야 했어. 숲에서 식량을 찾기 위해서는, 먼저 먹이와 먹이보호에 집중할 수 있는 나만의 영역을 만들어야 했어. 그래서 처음에는 우선 다람쥐의 습성을 따르는 것을 목표로 삼았어. 사진 작업을 통해 번 돈으로 통조림과 마실 물, 그리고 그런 환경에서 살아남기 위해 필요해 보이는 온갖 도구를 구입했어. 솔직히 말해, 환경은 악조건이었어. 구입한 모든 것을 나무 밑의 뒤엉킨 뿌리들 사이에 숨겨놓았어. 오직 나만 그것들이 어디 있는지 안다고 믿고 죽은 나뭇가지와 잎사귀들로 덮어 놓았어. 아뿔싸, 며칠 뒤 멧돼지들이 내 보물을 발견하고는 잔치를 벌였어. 통조림이 죄다 면도날처럼 날카로운 발톱으로 뜯겨져 있었어. 내 재산은 으스러지고 여기저기 흩어지고 탕진되었어. 멧돼지 무리의 강력한 짓밟기에 저항할 수 있는 것은 아무것도 없었어. 부스러기 더미만 남겨놓은 모습이 내게 꼭 이렇게 말하는 듯했어. "아니, 도대체 넌 지금 어디 있다고 생각하는 거야?" 몇 분 동안 속이 뒤집혔어. 하지만 금세 돌이켜 생각해야 했어. 자연은 필요할 때 우리에게 분수를 깨닫게 해주는 신비한 방법을 여럿 가지고 있어. 그때부터 게걸스럽고 호기심 많은 녀석들로부터 나의 보잘것없는 재산을 보호하기 위해 밀렵꾼들이 오래전에 파놓은 구덩이에 작은 꾸러미들을 묻기로 했어. 폭이 약 80센티미터, 깊이가 2미터인 구덩이는 한때 여우와 오소리를 잡는 데 사용됐어. 내가 해야 할 일은 바닥에 있는 살상용 말뚝들을 치우고 산책자가 그 안으로 떨어지는 것을 미연에 방지할 수 있게 나무로 단단히 표면을 덮는 것이었어.

이 일화는 장 보러 가서 50리터가 든 배낭을 메고 숲속으로 가져가는 일이 이루 말할 수 없이 피로케 한다는 점도 깨닫게 했어. 바깥에서 생존하려고 할 때, 피로는 그냥 지나쳐서는 안 되는 요소야. 실상, 생존을 위한 가장 효과적인 전략은 주변에서 구할 수 있는 것을 최대한 소비하는 거야. 가령 나무딸기, 자작나무, 소사나무의 잎사귀라든가, 밤나무, 너도밤나무, 수과나 개암나무의 마른 열매들, 또 질경이와 민들레, 소리쟁이 등 수많은 식물들은 맛은 그저 그렇지만 영양

솔방울 전투. 다람쥐는 장난기 많은 영역동물이다. 그들은 자기 영역의 나무 밑에 누워있는 나를 내쫓으려고 손이 닿는 곳에 있는 솔방울을 비롯해, 던질 만한 모든 것들을 내게 투척하는 것을 주저하지 않았다.

분은 놀랍도록 풍부해. 그때부터 외부에서 가져온 음식은 먹이가 바닥났을 때만 도움이 될 터였어. 그것들을 꺼낼 때는 축제의 시간이 되기도 했어. 흔하디흔한 라비올리 캔을 갖고도 말이야!

나에게 식도락의 즐거움을 주었던 것으로 사냥꾼들이 멧돼지를 살찌우려고 나무 밑에 놓아둔 먹이들이 있었어. 수박, 호박, 토마토 등 과일이나 열매, 채소에 빵도 있었어. 소금이 안 들어가긴 했지만 그래도 빵은 빵이었어. 멧돼지, 여우, 오소리와 같은 동물들을 따라다니다 보면 이처럼 좀도둑질할 것들을 발견했어. 경험이 많은 그들은 나에게 길을 알려주기도 했어. 하루하루 시간이 지나면서 그들과 조금씩 더 가까워졌고 조금씩 더 야생적으로 되어 갔어. 나도 모르는 사이에 조금씩 동물행동학을 익혔고, 숲의 주인이 되어 갔어. 멧돼지, 수사슴, 암사슴, 여우들은 그들의 영역에서 자주 만나면 만날수록 일정한 거리를 유지하면서도 나를 더욱 받아들였어. 몇 달 후, 나는 그곳에서 가장 멋진 풍경, 즉 숲속 세계에 나 자신이 녹아들었다는 인상을 받았어. 바로 그때, 수수께끼 같은 매혹적인 존재, 야생동물에 대해 내 눈을 번쩍 뜨게 해준 존재를 만났어. 바로 노루였어.

어느 날 아침, 뜯어 먹을 잎사귀들을 길가에서 줍고 있을 때, 나중에 내가 다게(두 살배기 수사슴이라는 뜻-옮긴이)라고 부르게 될 노루 한 마리가 내가 있는 길로 건너오더니 몇 걸음 떨어진 데서 흠칫 멈추었어. 나는 아주 천천히 몸을 웅크렸어. 그의 크고 빛나는 검은 눈동자에 매료되었어. 그는 고개를 들더니 내 쪽으로 귀를 쫑긋 세웠어. 엉덩이 털이 쭈뻣 서 있었어. 몇 시간 동안처럼 느껴졌던 몇 분 동안 우리는 서로를 가만히 쳐다보았어. 그는 마치 자기랑 같이 숲을 탐험해보지 않겠냐며 나를 초대하겠다는 듯 옆쪽을 쳐다보았어. 그러더니 천천히, 우아하게 돌아서서 잡목림 속으로 뛰어 들어갔어. 나는 강력한 무언가에 충격을 받았어. 야성의 부름을 느꼈던 거야. 다리에 힘이 풀리면서 숨이 가빠졌어. 바야흐로 인간세계를 떠나 노루들 사이에서 지내며 그들을 더 잘 이해할 때가 된 거였어.

3

약간 싱겁긴 하지만 영양가 높은 검은딸기나무의 풍성한 작은 잎사귀들을 먹고 있었어. 내 앞 잡목림에서 다게의 작은 얼굴이 나오는 것을 보았을 때는 45분 동안 샐러드를 즐기고 있던 참이었어. 다른 노루들이라면 벌써 도망쳐 달아났을 텐데, 다게는 나를 지켜보기로 작정한 것 같았어. 한동안 거기 있었던 게 틀림없었어. 그가 오는 걸 보지 못했으니까. 몇 분이 지났을까, 나는 쉬려고 검은딸기나무에서 나오면서 짐짓 그의 존재를 무시하는 척했어. 내가 떠나는 것을 그가 지켜보았고 한낮이 이어졌어. 저녁이 되어 좀 선선해지자 그 틈을 타 숲속 빈터에서 가새풀 이파리들을 먹고 있었어. 그때 다시 다게와 만났는데, 알고 봤더니 시치미 뚝 떼고 계속 나를 따라다니고 있었던 거야. 나는 그의 호기심에 놀랐는데, 마치 자기 영역에 들어온 이 신참에 대해 좀 더 알아봐야겠다고 작심한 것 같았어. 하루하루 지나면서 공동의 영역에서의 만남이 빈번해짐에 따라 우리의 관계는 점점 성장하는 것 같았어.

그날, 나는 그의 뒤에서 걸어보기로 했어. 나뭇잎들이 무수히 떨어진 울창한 숲에 서늘한 북풍이 불고 있을 때 다게는 나무 밑에 누워 되새김질을 하고 있었어. 나는 여기저기 흩어져 있는 나뭇잎들을 주우며 슬금슬금 다가갔어. 그가 알아채지 못하도록 가까이 있는 나무마다 몸을 숨겼어. 그렇게 여러 차례 반복했는데도 그는 미동도 하지 않았어. 나를 못 본 척했던 게 아니라면, 나도 몰래 접근하는 일에 놀라운 기량을 갖게 된 게 틀림없었어. 그 점을 확실히 해두고 싶어서 나는 숨어 있던 나무 뒤에서 왼쪽으로 나와 그에게 보일 수밖에 없는 통로로 몸을 옮겼어. 그리고는 반쯤 웅크린 자세로 천천히 다가갔어. 그는 차분하게 나를 지켜보았어. 믿기 어려웠어. 처음부터 그 악당 녀석은 내가 얼간이같이 이 나무 저 나무로 옮겨가도록 놔두면서 나를 갖고 놀았던 거야. 10미터쯤 가까이 가자 다게가 일어나더니 기지개를 쭉 켰어. 나는 멈춰 섰어. 그가 나를 쳐다보았어. 우리는 30분 동안이나 꼼짝도 하지 않고 서 있었어. 완전히 마법 같은 순간이었어. 그는 존재만으로도 내 마음을 풍요롭게 했어. 나는 그와 또 우리 둘을 둘러싸고 있는 모든 것들과 완벽한 일체감을 느꼈어. 다게가 나를 자기 환경에 통합시킨 순간 나는 그런 특권을 누린 최초의 인간이었어. 마음과 영혼은 평화로웠고, 두뇌는 정지되었어. 바로 그 순간, 나라는 존재는 총체적으로 단 하나의 규칙에 의해 지배되었어. 그건 존중이었어. 몇 분쯤 지났을까, 불현듯 새로운 생각 하나가 떠올랐어. 우리가 다른 인간들의 방해를 받지 말아야 한다는 것이었어. 그가 나를 다른 인간들과 연결시킨다면 끔찍한 일이 될 테니까. 아메리카 원주민은 노루를 사냥할 때 노루에 대해 너무 많이 생각해서는 안 된다고 말했어. 그 동물이 그 생각을 감지하고 달아나기 때문이랬어. 그 말을 이해할 수 있을 것 같았어. 생각은 기분으로 바뀌고 기분은 냄새로 바뀌어. 그래서 나는 다게와 침묵의 대화를 지속할 수 있기를 바라는 마음에서 긍정적인 생각을 가지려고 노력했어.

얼마나 지났을까, 다리가 저려왔어. 마침내 그가 앞으로 움직이기 시작했을 때는 어떻게 해야 할지 모르겠더라고. 약 10미터쯤 뒤떨어져서 천천히 따라갔어. 여전히 몸을 웅크린 채였지. 그는 귀를 쫑긋하며 내 쪽으로 돌리더니 무슨 문제라도 있는지 살펴보았어. 땅바닥에 떨어진 마른 잎들이 내 체중으로 인해 바스락 소리를 내자 그가 몇 차례 풀쩍풀쩍 뛰었어. 그는 깡충깡충 뛰어가다가 멈춰 서서 돌아서더니 나를 기다렸어. 흥분의 도가니였어. 나를 길들이려는 야생동물과의 특별한 순간을 살고 있는 것이었어. 나는 일어섰어. 그가 인간에 대한 본능적인 두려움, 자기 앞에 175센티미터 높이로 똑바로 서 있는 남자를 보고 시속 100킬로미터로 달아나도록 하는 본능적 두려움에 저항하려고 애쓰고 있는 게 틀림없다는 생각이 들었어. 돌연 멀리 떨어진 곳에서 노루의 울음소리가 들려왔어. 내가 나중에 자주 만나게 될 또 다른 노루인 시푸앵트였어. 그도 내 존재에 호기심을 느끼고 있었어. 그 울음소리에 다게는 즉시 반응하며 놀라운 속도로 그쪽으로 달려갔어. 나는 참나무 숲 한가운데에서 얼간이처럼 홀로 서

다게. 그는 나를 신뢰한 최초의 노루였다. 그는 나에게 숲의 문을 열어주었다. 이 일대의 숲은 상당 부분 다게의 영역으로 이루어져 있었다. 하지만 오늘날엔 우회도로가 가로지른다.

있었어.

노루와 함께 살려면 많은 걸 포기해야 해. 개괄적으로 말하자면, 인간사회에서 필요한 삶의 규칙들을 거의 모두 지워야 하는 거야. 떠날 때 "그럼, 이만 안녕히"라고 말하듯이. 또 정해진 시간에 식사를 한다거나 밤에 잠을 잔다는 등의 관례도 포기해야 해. 다게와 함께 있으면서 나는 숲에서의 밤 생활의 복잡성을 발견하고 거기에 가능한 대로 맞추려고 애썼어. 그런데 몸이 벌써 지쳐 있었어! 밤에 충분히 휴식을 취해 기운을 차리고 싶었으나, 걸핏하면 잠에서 깨어났고 깨어난 다음에는 다시 잠들기 어려웠어. 부엉이들이 부우부우 우는 소리, 여우들이 아우우 울부짖는 소리, 특히 멧돼지가 꽥꽥 내지르는 소리 등 모든 동물들이 놀라자빠질 정도로 야단법석을 피워댔어. 온 사방에서 찍찍거리고 빽빽거리고 으르렁거리는 소리가 났어. 작년에 젖을 빨던 새끼 멧돼지들이 놀다가 내게 와서 콧등으로 툭툭 건드리다가 다시 내달려 사라지기도 했어. 그러나 잠을 못 들게 하는 최악의 적은 추위였어. 몇 차례나 저체온증에 시달렸어. 매번 똑같았어. 잠들어 꿈을 꾸기 시작하다가 갑자기 온몸에 감각이 없는 채 잠에서 깨어나면 구토할 것 같았어. 몇 주가 지나자 수면 부족에서 오는 환각까지 생겨났어. 소리가 들리고 그림자가 보였어. 때로는 내가 날아다닌다는 느낌마저 들었어. 그야말로 맛이 갔던 거야! 신경이 날카로워졌고 어깨가 천근만근이었고 머리가 1톤은 나가는 것처럼 무거웠어. 더 심각했던 건 시야가 흐릿해졌다는 것이었어! 나는 이 모험이 어떤 결과를 낳을지에 관해 심각하게 의문을 품기 시작했어.

　문제는 내가 전혀 쉬지 못했다는 점에 있었어. 낮에는 먹이를 찾아 헤매거나 비를 피할 수 있게 조그만 은신처를 만들었는데, 그게 엄청나게 많은 시간을 잡아먹었어. 은신처는 순식간에 벌레들이 들끓어 매일 다시 지어야 한다는 어려움이 있었어. 어느 날 아침, 모든 걸 원점으로 되돌렸어. 살아남으려면 다른 전략과 보다 효율적인 생활을 채택해야 했어. 봄이었어. 겨울이 오기 전, 앞으로 두 계절 동안에 나를 적응시켜야 했어. 그렇지 않으면 탐험은 거기서 멈춰야 할 터였어. 내가 무언가를 놓쳤거나 잘못을 저지르고 있었던 게 틀림없었어. 나는 다게를 관찰하면서 해답을 찾게 되었어. 노루는 밤뿐만 아니라 낮에도 짧은 주기로 휴식을 취했어. 날씨가 어떤가에 따라 다른데 평균 한두 시간씩 쉬는 거야. 내 생활 리듬을 모험의 동반자의 리듬에 맞춰야겠다고 결심했어. 그는 잠자리에서 일어나면 엄청난 양의 식물을 씹어 삼킨 뒤 드러누워서 되새김질했는데 나는 위가 하나뿐이라 명상에 잠긴 다음 다시 드러누웠어. 나머지 시간에는 놀거나 생존하거나 번식하거나 계절에 따라 영역을 표시했어. 결국 나는 노루 친구를 관찰하면서 꼭 밤에 잠을 잘 필요가 없다는 것을 깨달았어. 수시로 휴식을 취하기만 한다면 말이지. 그래서 되도록 마른 곳에 쪼그려 앉아 오른손은 왼쪽 무릎에 놓고 왼손은 오른쪽 무릎에 놓고 머리는 팔 사이에 끼우고 휴식을 취했어. 얼마 후, 입에 침이 고이면서 잠에서 깨어났어. 그러다 보니 몸이 저체온증에 걸릴 만큼 오랫동안 잠들어 있지 않게 되었어. 그리고 부족한 잠을 보충하기 위해 나도 다 게처럼 낮에 쪽잠을 잤어. 수면 시간은 대략 두 시간가량이었어. 그러자 먹을 시간과 특히 숲 여기저기에 나무를 쌓아둘 시간을 벌 수 있었어. 밤중 어느 시각이든 또 어디서든 나무를 찾아다니지 않고 바로 불을 피울 수 있는 게 무척 중요하기 때문이야. 그렇게 숲에서는 밤이 낮보다 훨씬 더 생산적이라는 점을 이해하게 되었어. 밤의 장점은—동물들은 그 점을 잘 이해하고 있었는데—내가 눈에 잘 띄지 않기에 그만큼 위험성도 적다는 데 있어. 그래서 경계심을 풀고 자유롭게 돌아다니는 거야.

이른 아침, 풀밭 위로 떠오른 태양이 안개와 이슬 맺힌 야생풀들을 무지갯빛으로 피어오르게 하는 모습을 매혹적인 노루 친구와 함께 보는 느낌은 그 무엇과도 바꿀 수 없어. 나는 꿈을 이루게 되었어. 다시 예전으로 돌아간다는 건 있을 수 없는 일이었어. 내 안에서 새로운 사람이 태어나고 있었고, 그 새로운 사람은 자유의 길을 택했어. 다게는 친근하게 나를 맞아주었고, 그의 생활방식에 맞춰가면서 나는 그 노루 친구가 금세 나의 진정한 가족이 되었다는 걸 알았어.

4

숲에서 살기로 결심한 날부터 나는 더 이상 내 인생이 어떻게 변했는지에 대해 의문을 제기하지 않았어. 아주 어린 시절부터 나를 숲의 왕국으로 이끈 바로 그 힘에 의해 나서게 된 그 길은 나로선 유일하게 가능한 길이었으니까. 이 모험을 나는 미셸 투르니에의 걸작 소설에 나오는 로빈슨 크루소처럼 돌멩이를 맞부딪쳐 불을 피우는 식으로 현대의 모든 기술을 무시하는 벌거숭이로 살고 싶지는 않았어. 그럼에도 이 색다른 탐험은 일정 정도의 엄격함을 요구했어. 숲속의 친구들을 금세 불안하게 할 수 있기 때문이었어. 나는 그들과 계속 신뢰관계를 유지해야 했고, 며칠 동안이라도 쉬면서 숨을 돌리겠다고 인간세계에 다녀오고 싶은 유혹에 자주 굴복해서는 안 되었어. 그것은 추위와 변덕스러운 날씨, 배고픔이 괴롭힐지라도 변하지 않는 확고한 의지였어. 나의 작은 피보호자들의 삶이 내 삶보다 더 중요했고, 나와 함께 모험을 계속할 것인가 하는 그들의 의지는 내 마음 상태에 달려 있었어. 그래서 꼭 필요한 게 아니면 현대문명의 물건을 숲으로 갖고 들어가지 않았어. 먼저, 추위에 맞서려면 갈아입을 옷이 있어야 했어. 캔버스 천으로 된 바지 두 벌과 청바지 한 벌, 알파카 소재로 만든 내복 바지, 리넨이나 삼으로 만든 티셔츠들, 순모 스웨터들과 챙 없는 줄무늬 모자 두 개를 챙겼어. 면으로 만든 옷은 말리기 어려울 것 같아 일찌감치 포기했어. 옷들은 곰팡이가 피지 못하게 밀폐 봉지에 보관했어. 그것들을 배낭 속에 집어넣어 나만 알 수 있는 숲 귀퉁이에 묻어두었어. 익혀 먹기 위해서는 작은 알루미늄 프라이팬 하나로 만족했고 냄비로 물을 끓였어. 또 자르고, 파고, 깎고, 껍질 벗기고, 가지를 칠 때 필요한 호신용 칼도 하나 갖고 있었어. 카메라용 태양열 충전기 하나와 라이터 하나와 신분증도 준비했어. 뚜껑 밑에 작은 거울이 달린 둥근 금속 케이스 안에 보관해 두었지. 거울은 대단히 쓸모가 있었는데, 특히 발밑이나 등에 벌레가 문 데를 찾아야 할 때였어.

나는 온통 플라스틱과 폴리에스테르 섬유의 시대에 살고 있다는 걸 알고 있어. 한순간의 예외도 없이 모든 것을 지나치게 소비하는 일에 취해 있는 사회야. 필요 없는 것까지 낭비하는 걸 숭배하고 있지. 언제라도 무너질 위험에 처한 경제를 기반으로 하고 있음에도, 존경할 만한 사람들까지도 인간의 가치와 명예를 지워버리고 있는 시스템이야. 그래서 더욱 나는 숲에서 무엇을 먹을지, 겨울에 비가 오거나 바람이 불 때 불을 어떻게 피워야 할지, 은신처를 어떻게 지어야 할지, 또 야생의 자연에서 생존하는 데 필요할 수 있는 모든 것에 대해 알고 있다는 점에서 안심이 되었어.

하지만 명심해야 할 것이, 완전한 자율성은 아주 오랫동안 이행한 후에만 달성할 수 있는 목표라는 점이야. 그건 그냥 이루어지지 않아. 가장 어려운 건 겨울나기야. 먹을 것이 부족한 탓이지. 그래서 저장하는 법을 배워야 했어. 봄에 식물을 채집하는 것부터 시작했어. 벌레들이 들끓거나 썩거나 악성 곰팡이가 피는 바람에 애써 채집했던 것을 건조시키는 일을 몇 번 실패한 뒤에 거의 완벽한 기술을 개발해냈어. 낮 동안에는 나뭇가지에 매달아 놓은 망태기 안에 넣어 햇볕을 쬐게 하고, 밤에는 습기 차지 않게 밀폐 봉지에 넣어두는 거야. 쐐기풀, 박하, 마욜라나, 광대수염, 흰꽃조팝나무, 서양가새풀, 안젤리카 등등 말이지. 두말할 필요도 없는 것은, 식용식물인지 독성식물인지 확실히 구분할 줄 알고 각각 에너지 섭취량이 얼마나 되는지 알려면 배우는 기간이 꼭 필요하다는 점과 그 기간을 줄일 수도 없다는 점이야. 예를 들어 미나릿과의 안젤리카는 아무도 따지 않아. 그도 그럴 것이, 그것은 아테네인들이 사형수들에게 내리는 공식적인 독약에 사용되었던 것으로 유명한 독당근과 아주 비슷하게 생겼기 때문이야. 독당근은 여러 세기 동안 위대한 소크라테스를 죽였던 치명적인 독약으로 유명세를 탔어. 산마늘도 마찬가지야. 미네랄이 풍부한 맛 좋은 허브인 산마늘은 콜키쿰과 혼동하기 쉬워.

콜키쿰의 문제는 그걸 먹을 수는 있는데 아기처럼 잠에 빠져들게 한다는 거야. 그리고 독성 효과는 며칠 뒤에 나타나. 이미 간에 침투한 뒤에는 결국 간을 파열시키고 말아. 또 주의해야 할 것은 남용이

미식가. 저영양소 풀을 아주 많이 "뜯어 먹는" 사슴과 반대로, 노루는 건강에 필수적인 특정 타닌이 함유된 식물을 찾는 식으로 정확히 먹이를 선택한다.

야. 예를 들어, 참소리쟁이는 맛도 강하고 씹기도 좋은 식물이지만 너무 많이 먹을 경우 소화시키려면 속이 아주 쓰려. 무기염 다음으로 단백질 섭취도 고려해야 해. 가을철에 접어들면, 밤, 개암열매, 도토리를 비롯해 균형 잡힌 식단에 필수적인, 동물성 단백질이 없는 견과류를 수확했어. 저장하는 법은 간단해. 하늘다람쥐가 하듯이 바위 구멍이나 움푹 들어간 나무 구멍에 보관하는 거야. 마지막으로 비타민이라는 골치 아픈 문제가 남아있어. 주된 공급원은 봄과 여름 사이에 딴 과일이야. 하지만 나로선 살균을 할 수 없기 때문에 과일을 보관한다는 것은 생각할 수 없는 일이었어. 유일한 해결책은 동물들이 하는 것과 똑같은 방법으로 내 몸이 겨울나기에 필요한 비타민C를 저장하는 데 익숙해지도록 하는 것이었어. 이 방법은 극단적으로 보일 수 있지. 그래도 나는 여러 해 동안 그렇게 시험해 볼 참이었어. 요약하면, 먹이를 잘 비축해 놓고 우발적인 사고가 자주 일어나지 않게 하고 내성이 강한 인체를 갖추게 한다면, 1년 뒤에는 먹이 자율성에 도달할 수 있을 거야.

현실적으로, 현지에서 채집으로 채워나가는 만큼 가공식품 소비를 점차 줄였어. 조그만 꽃이 피는 분홍바늘꽃의 뿌리가 먹을 수 있을 뿐만 아니라 한때 "만병통치약"으로 불렸다는 사실을 알았어. 사람들은 그걸 칼로 땅에서 파내 생으로 먹어. 쐐기풀의 뿌리나 검은 딸기나무의 뿌리, 야생 당근도 식용이야. 두말할 필요도 없이 처음에는 모두 다 맛이 정말 역겨워. 설탕과 소금을 잔뜩 친 익숙한 음식 세계에서 쓰고 매운 맛으로 이루어진 식단으로 바꾸는 게 간단한 일은 아니지. 이 모든 식물들과 뿌리들은 건강에는 좋지만 미각을 만족시킬 수는 없어. 예를 들어, 붉은빛을 띤 광대수염은 프로틴과 망간, 아연, 불소 등 성장에 필요한 미량원소가 농축되어 있어서 숲에서 생존하는 데는 필수적인 식물이야. 그런데 맛은, 글쎄, 퇴비를 한 숟가락 먹는 것과 같다고나 할까. 더욱 놀라운 것은 단백질이 풍부한 또 다른 식물인 컴프리에서는 살짝 가자미 맛이 난다는 거야! 다행히도 전부 맛이 나쁜 건 아냐. 몇 달이 지난 뒤, 그러니까 나한테서 콘플레이크의 단맛이 사라진 뒤부터는 토끼풀의 꽃이나 자작나무 수액과 같은 자연식품들에서 아주 기분 좋게 구수한 단맛이 났어.

겨울을 나려면 굶주림뿐만 아니라 추위에도 맞서 싸워야 해. 그 싸움에서 나는 그 가치가 입증된 천연재료를 선호했어. 먼저 아주 낮은 기온이나 악천후로부터 나를 보호해줄 양털이 그것이야. 모직은 젖었을 때도 몸을 따뜻하게 유지시켜줘. 거기에다 크기와 형태가 다른 스웨터를 여러 벌 껴입었어. 아주 촘촘하게 짠 얇은 스웨터를 내복으로 입으면 몸을 따뜻하게 해주는데, 노루에게 잔털이 있는 것과 비슷하다고 보면 될 것 같아. 두 번째로 껴입는 건 중간 크기의 스웨터야. 몸의 온기가 바깥으로 빠져나가지 못하게 하면서 바람이 신선한 공기를 순환시키는 걸 막지 않아. 세 번째 스웨터는 거친 울 소재로 된 거야. 습기와 추위로부터 보호해주지. 비가 오면 물을 먹어 부풀긴 하지만, 안에 껴입은 다른 스웨터들이 빨리 축축해지지 않게 해줘.

숲. 아침에 내리쬐는 따스한 햇볕의 온기는 때때로 밤의 습기로 축축해진 내 몸을 "마르게" 해준다. 길가 초목에는 이슬이 맺힌다. 그러면 잎사귀들이 부드러워지고 맛도 좋아진다.

물을 많이 먹으면 옷을 짜서 물기를 제거한 다음 다시 입으면 돼. 몸의 온도가 외부 기온보다 높기 때문에 물기가 자연적으로 증발하게 되지. 파카를 사용하는 경우는 아주 드물었어. 파카는 내부에서 땀을 흡수하지 않는 단점이 있기 때문이야. 추위가 뚫고 들어가는 듯한 불쾌감을 주고 저체온증에 걸릴 위험도 더 커져. 바지 속에도 양털로 짠 내복을 입었어. 모자와 장갑도 양털로 짠 것이었는데 모두 효과 만점이었어. 양말은 알파카로 짠 것이었고, 유일하게 신발만 고어텍스 기술로 만든 걸 신었어.

노루들과 조화롭게 살고 그들 뒤에서 걸을 수 있으려면 현장 경험을 방해하는 오만가지 잡다한 생각들을 없애야 했어. 확실히 이게 제일 어려운 일이었어. 그런데 1년이 지나면서부터는 어떤 점에서 인간 세계가 나에게 모르는 일이 되었어. 노루들과 함께 숲에서 홀로 지내면서 아무 생각도 하지 않았고, 내가 보고 숨 쉬고 듣는 것에 대해 어떤 말도 하지 않았고, 어떤 정의도 내리지 않았어. 그들과 그곳에 함께 있다는 걸로 충분했고, 자연을 분석하기보다 느끼는 것에 만족했어. 직관을 위한 여지를 충분히 남겨두려고 말도 거의 하지 않았어. 다게를 모방하고 관찰하고 이해하려고 노력하면서 그에 대해 알아가는 일에 도전했어. 다게도 나에 대해 어쩌면 내가 그에게 호기심을 갖는 것보다 더 호기심을 갖고 알아가는 것 같았어! 나는 느끼는 그대로 놔두었어. 이 기회를 "무엇을 하거나" "생각하기"보다는 그저 "존재하기"에만 쓰겠다는 거였어. 나는 즐겁게 뛰노는 조그만 장난꾸러기 동물의 매력에 순식간에 빠져버렸어. 그는 자주 우리 텃밭이나 과수원에까지 가서 종종 우리에게 손해를 입히면서 살아가는 재간과 방식도 가졌어. 그 순간들을 영원히 기억하고 훗날 가족 앨범을 만들기 위해, 가능할 때는 이따금 충전식 배터리가 장착된 카메라를 가져갔어. 배터리를 주머니에 넣고 다니다가 정기적으로 바꾸었는데 불행히도 배터리들은 추위에 오래 견디지 못했어. 그리고 작은 태양열 충전기는 광도가 아주 낮은 숲에서는 별로 소용이 없었어.

자연환경에 적응하는 일은 인내를 필요로 하는 긴 과정이야. 신진대사가 변해. 정신도 변해. 반사작용도 변해. 모든 것이 변해. 모든 게 변하는데, 다만 천천히 변해. 나는 고분고분 받아들여야 했어. 내 몸이 적응하기를, 그것이 많은 시간을 필요로 한다는 것을, 내 몸을 억지로 길들이려 해서는 안 된다는 것을 받아들여야 했어. 그런 식으로는 작동하지 않기 때문이야. 숲은 좋은 것도 나쁜 것도 아냐. 다만 자기 자신에게 질문을 던지게 할 뿐이지, 끊임없이.

5

노루들은 판에 박힌 일상을 보내는 동물이야. 그래서 덤불숲에서 그들을 찾겠다고 쓸데없이 힘을 낭비하면서 시간을 보내지 않았어. 야외 생활에서는 에너지가 무척 소중하니까. 그러는 대신 좁은 길가에 나앉아 있었어. 매일 아침 고요한 새벽 시간에, 내가 라플레슈(화살이라는 뜻-옮긴이)라고 이름 붙인 멋진 노루 한 마리가 그 길에서 어린 새싹들을 뜯어 먹는다는 걸 알고 있었거든. 풀밭에는 온통 서리가 내렸고, 봄밤을 지내면서 얼어붙은 내 얼굴을 막 떠오른 태양이 어루만져주었어. 주변의 습기가 스며들었던 내 몸을 햇살의 온기가 덥혀주고 있었어. 옷 사이로 습기가 증발하고 있었어. 영역을 표시하는 일은 시간이 오래 걸리는 일이고, 라플레슈는 주변을 경계하며 영역 표시를 했어. 그는 주기적으로 불쑥 고개를 들고, 돌아서고, 허공에 대고 코를 킁킁댔어. 그리곤 다시 가장 중요한 일을 했어. 먹는 일이야. 자기 영역에 잠재적인 경쟁자가 있다는 것을 감지한 시푸앵트가 내 앞의 오솔길을 가로질러 총총거리며 다가오더니 멈춰 섰어.

잠시 생각에 잠긴 듯하더니 내 왼쪽으로 돌아가려고 움직였어. 그가 계속 나를 빤히 쳐다봤어. 목을 곧추세우고 비웃는 듯한 눈길로 마치 이렇게 말하는 듯했어. "어쭈! 네가 거기 있어, 네가 감히?" 그러더니 목표물까지 계속 앞으로 나아갔어. 그 목표물은 다름 아닌 불쌍한 라플레슈였어. 아직 나는 시푸앵트와는 친한 친구 사이가 아니었어. 내가 실제로 숲속으로 들어가 살기 훨씬 전부터 꽤 자주 마주치긴 했었지만 말이야. 나는 시푸앵트가 자기 영역에 몹시 집착하는 데다 성질이 상당히 고약하다는 걸 알고 있었어. 나는 그에게 정답게 "떠버리"라는 별명을 지어주었는데, 움직이는 모든 것을 향해 짖어대기 때문이었어. 그의 짝인 에투알(별이라는 뜻-옮긴이)은 날씬한 몸매와 장난기 어린 눈망울을 한 아주 멋지게 생긴 작은 암노루로, 나는 그녀를 보기만 해도 가슴이 두근거렸어. 에투알은 시푸앵트보다 몇 걸음 뒤에 따라다녔는데 영역 표시에 수놈보다 열을 올리지 않는 것 같았어. 허리가 약간 불룩한 것으로 보아 올해 안에 새끼들이 태어날 참이었어. 그 새끼들에게는 어떤 이름을 붙여줄까 궁리했어.

　시푸앵트는 자기 영역 맨 끝에 라플레슈가 있는 걸 봤어. 인간들과 똑같이 노루도 꽤 개인주의적인 생활방식을 갖고 있어. 영역 표시 시기에는 다투기도 해. 다른 수노루들에게는 불행한 일이었는데, 영역 표시 기술에 있어서는 시푸앵트가 단연 앞서 있었어. 일단 "또래로 함께 지내는" 시기를 보낸 뒤에, 어린 노루들은 먹이도 풍부하고 보호 받기에도 좋은 장소에 자리 잡으려고 해. 그 장소를 혼자 차지하면 더욱 좋겠지. 이를 위해 수노루들은 미래의 자기 영역에서 경쟁자를 쫓아내고 외부 침입자들로부터 지키려고 노력해. 그런데 시푸앵트와 라플레슈의 영역은 아주 가까웠고 일부 겹치기도 했어. 필연코 두 이웃은 그 문제를 깔끔하게 정리해야 했는데, 급기야 시푸앵트가 자기 텃밭에서 풀을 뜯어 먹는 시건방진 녀석과 전투를 치르기로 작정했어! 시푸앵트가 혀로 콧구멍을 계속 축축하게 적시면서 바람을 거슬러 마주섰어. 라플레슈는 경계심을 갖고 있긴 했지만 아무 의심 없이 계속 풀을 뜯어 먹고 있었어. 갑자기 새벽을 찢는 듯한 괴성과 함께 시푸앵트가 라플레슈에게 달려들었어. 라플레슈는 믿을 수 없을 만큼 풀쩍 뛰어오르더니 마구 달리기 시작하면서 똑같이 소리를 질렀어. 그런데 혼비백산한 나머지 갈팡질팡하다가 길을 잘못 들어 시푸앵트의 영역으로 더 깊숙이 들어갔어. 그러자 시푸앵트는 잠시 멈춰 서서 숨을 헐떡였어. 분명 저렇게 건방진 녀석은 처음 본다는 듯한 표정이었어. 라플레슈는 소리를 더 크게 꽥꽥 지르면서 다시 달렸어. 하지만 경험이 부족하다 하더라도 라플레슈는 괜히 라플레슈라고 불렸던 게 아니었거든. 땅에 쓰러진 나무 밑동 위로 뛰어오르더니 오른쪽으로 방향을 틀어 작은 덤불숲 아래로 돌진해갔어. 그렇게 라플레슈는 환멸과 실망에 빠진 시푸앵트의 시선으로부터 멀어져 갔어. 시푸앵트는 불만스럽다는 듯 으르렁거리며 에투알 쪽으로 돌아와서는 주변에 있는 모든 초목에 머리를 비벼댔어. 그곳이 "시푸앵트 왕국의 땅"이니 자신의 허락 없이는 아무도 들어올 수 없다는 것을 더욱 분명히 하려는 행위였지.

에투알은 언제나 그런 활동에는 전혀 흥미가 없는 것 같아 보였어. 하지만 그 순박한 얼굴에 속아서는 안 돼. 나중에야 알게 된 사실이긴 하지만, 암노루들도 다른 암노루들이 자기 영역에 들어오는 것을 좋아하지 않아. 뿐만 아니라, 수컷들은 암컷들이 지키고 싶어 하는 생활 지역에 맞춰 자기 영역을 만드는 일이 빈번해. 수노루는 자기 영역을 언제나 암노루들의 활동 지역을 가로지르게 하는 방식으로 만들어. 그러고는 7월에서 8월까지 발정기가 되면, 뭐라고 할까…, 암노루들 중에서 선택을 하는 거야. 같은 방식으로, 암노루들은 전년도에 낳은 새끼들이 계속 옆에 머물고 있으면 독립생활을 꾸려야 할 때가 되었다고 판단해서 새끼들을 쫓아내. 그 방식이 가끔은 좀 서툴기도 하지. 그렇지만 많은 어미 노루들은 딸 노루들에게 자기 영역 가까운 곳에 부속 영역을 만들어 제공해 주기도 해. 노루들은 가능하기만 하면 매년 같은 영역을 차지하려고 해. 하지만 벌목이 다른 결정을 내리게 하는데 숲의 파괴가 영역 표시의 순환을 방해하기 때문이야. 바로 셰비의 이복형제인 쿠라쥬에게 일어났던 일인데, 그 이야기는 조금 뒤에 할게. 봄이 되면 수노루는 앞발로 땅을 긁어서 영역을 표시하는데 발의 땀샘에서 나는 냄새를 땅에 스며들게 하는 거야. 이를 "긁기"라고 불러. 몇 주 뒤, 뿔을 감쌌던 보드라운 모피막인 벨벳이 벗겨지면, 잎이 무성하지 않은 잘 휘는 어린나무 줄기에 세게 비벼 자국을 남기며 다듬은 뒤 정수리 분비선에서 나오는 은밀한 냄새물질을 묻혀. 다른 노루들에게 자기 존재를 알리는 거지. 이른바 "비비기"라는 영역 표시 기법이야. 그다음에, 노루는 놀라울 만큼 규칙적으로 자기 영역을 돌아다니는데, 그때마다 자기가 지나갔다는 후각적 증거를 남기려고 낮은 초목들에 코를 비벼대. 노루가 같은 나무에 대고 "긁기"와 "비비기"를 행하는 것을 두고 사람들은 "맛있게 먹기"라고 말해. 그것이 노루들에게 자기 영역의 경계를 명확히 구분 짓게 하는 시각적, 후각적 표시의 모두야. 안개가 짙어져 해가 살짝 가려지기 시작했을 때 나는 시푸앵트와 에투알 곁을 떠나 다게를 찾아 나섰어.

보르(Bord) 숲은 외르(Eure)도(道)에 있는 넓이 4,500헥타르의 숲이야. 말굽 편자 모양처럼 생겼는데, 센강의 네 번째 굽이와 완벽하게 들어맞아. 숲을 동쪽에서 서쪽으로 가로질러 가면 주로 소나무와 너도밤나무로 이루어진 초목 지역에서 떡갈나무와 야생 벚나무가 우거진 울창한 숲으로 들어가게 돼. 나는 동쪽에 자리 잡기로 했어. "라크뤼트"라고 부르는 거대한 곳의 위쪽이야. 그 곳에서는 "코트 데 되 자망(두 연인의 해안이라는 뜻-옮긴이)"까지 센강의 계곡 전체를 내려다볼 수 있어. 그 장소는 도보 여행자들에게 인기가 많은데, 두 연인의 비극적인 이야기가 담긴 중세시대의 시(詩)에서 명칭을 따왔어. 캉틀루 남작의 딸 마틸드와 젊은 라울 드 본마르가 그 주인공이야. 남작은 라울에게 마틸드와 결혼 승낙을 받으려면 그녀를 두 팔로 안고 가파른 언덕을 올라가야 한다고 했어. 정상에 다다르자 녹초가 된 젊은이는 그만 숨을 거두고 말았어. 그러자 슬픔에 빠진 마틸드는 허공

소나무 숲의 시푸앤트. 시푸앤트는 내가 만난 노루 중 제일 텃세가 심한 노루이다. 툭하면 소리를 질러대서 "떠버리"라는 별명을 붙여 주었다.

에 몸을 던졌어. 회한에 찬 마틸드의 아버지는 한 맺힌 꼭대기에 멋진 수도원을 지었어. 오늘날엔 산책자들에게 즐거움을 선사하고 있지.

내 "영역"은 약 500헥타르의 숲에 걸쳐있어. 그곳 지형을 잘 파악하게 되었다는 말부터 해야겠네. 먼저 나는 동물들이 다니는 오솔길을 모두 머릿속에 기억하고 있고, 경험을 통해 개발한 몇 가지 꾀를 갖게 됐어. 우선, 후각이 아주 중요한데, 밤에는 특히 더 그래. 곡식을 경작하는 서쪽 벌판을 향해 걸어갈 때와 반대편인 센강 쪽으로 걸어갈 때는 냄새가 서로 달라. 떡갈나무에서는 오래된 대들보 냄새가 나. 밤나무, 고사리, 흰꽃조팝나무의 냄새는 방향을 잡는 데 도움을 줘. 예를 들어, 늪에 가까이 다가가면 갈대와 진흙이 콧구멍을 간지럽혀. 그리고 내 눈은 어둠에 익숙해졌어. 아직 고양이의 시력까지는 아니지만 시력이 벌써 눈에 띄게 좋아졌어. 마지막으로 촉각이 있어. 숲에서는 밤에 졸기도 하고, 걷기도 하고, 먹기도 해. 그런데 식용식물인지 아닌지를 어떻게 구분할 수 있을까? 가령 질경이와 참소리쟁이는 아주 똑같이 생겼어. 하지만 이파리를 만져보면 내가 먹을 수 있는 것인지 아닌지를 금세 알 수 있어. 잎맥이 서로 다른 방향을 향하고 있어서야. 이런 지식은 별빛 아래 짧게 주말을 보낸 뒤에 터득할 수 있는 수준이 아니라는 것은 두말할 필요도 없겠지. 나는 이 수준에 도달하는 데 2년쯤 걸렸어. 숲은 아직도 내게 드러낼 많은 비밀로 가득 차 있어.

이 시간쯤, 다게는 어김없이 어린 너도밤나무들 한가운데 대성당 기둥처럼 서 있는 백 년 된 나무 밑에 있을 거야. 금빛 햇살이 긴 폭포처럼 쏟아지며 그늘진 숲까지 스며드는 빛의 풍경 속에서 친구를 발견했어. 서 있던 그가 나를 알아보고는 계속 나를 쳐다봤어. 내가 보기엔 숲의 왕자 같은 위풍당당한 풍채였어. 털갈이를 하는 봄철이라 좀 지저분하긴 했지만.

봄이 되면 노루는 하루하루 지날 때마다 겨울에 입었던 털옷을 벗고 근사한 여름 드레스를 입어. 뽐낼만하게 우아한 담황갈색 털이 적갈색 빛깔을 띠면서 비단결처럼 윤기 나는 아름다움을 주는 한편, 목 밑의 턱받이 모양의 옅은 자국과 궁둥이와 가슴 아래는 흰색을 띠어. 가을철 털갈이는 봄철 털갈이와 달리 거의 눈에 띄지 않아. 며칠만에 아름다운 여름털이 겨울옷으로 바뀌어. 털은 두터워지는데, 암노루는 발에서 궁둥이 가운데까지 길어지면서 두드러지고, 수노루는 사타구니 주변의 털이 똑같이 길어져.

다게는 초조하고 불안한 듯한 기색이었어. 마치 무언가가 자기를 방해하고 있다는 듯 말이야. 나는 땅바닥에 가부좌를 틀고 앉았어. 왼쪽 엉덩이는 오른쪽 신발 뒤꿈치에 붙이고 오른쪽 엉덩이는 위로 들어 올린 자세야. 그리곤 다리가 저리지 않게 30분마다 자세를 바꾸었어. 이런 세심함이 쓸데없는 일처럼 보일 수 있지만 아주 중요해. 땅바닥에 곧장 앉으면 안 돼. 땅이 젖어있기라도 하면 겹겹이 입은 옷들이 물기를 빨아들이게 되는데, 그것들을 낮 동안에 말리는 게 어렵기 때문이야. 그러다 밤이 오면 몹시 불쾌한 추위를 느끼게 되고 야외에 있는 즐거움을 망쳐. 특히 주변 기온이 낮으면 동상에 걸릴 수 있고, 심한 경우에는 저체온증에 걸릴 수도 있어. 다게는 선 채로 기다렸어. 그러더니 불현듯 자기 앞을 바라보았는데, 거기에 쇼코트(겁쟁이라는 뜻-옮긴이)가 서 있더라고. 적어도 여섯 살 먹은 참 잘생긴 수노루인 쇼코트는 아주 오래 전부터, 그러니까 내가 숲을 탐험하기로 결심하기 훨씬 전부터 거기 있었어. 아주 착한 수노루로 그 나이에 줏대 있는 성격에 인상적인 체구를 갖고 있음에도, 몇 미터 앞 땅바닥에 솔방울이 떨어지기만 해도 후다닥 달아나곤 했어.(다람쥐들이 잘 놀려먹지!) 나의 어린 친구 다게가 쇼코트에 맞서서 고개를 낮추고 뿔을 드러냈어. 그는 경쟁자에게 더 깊은 인상을 주려는 듯 고개를 주억거리며 앞발로 땅바닥을 긁어댔어. 쇼코트는 다게가 드러내는 "위협"을 무시하는 척하더니, 마치 어린 수노루가 존재하지 않는다는 듯 제 갈 길을 갔어. 하기야 그로선 맞은편에 자리 잡은 이래 다게의 영역에는 흥미가 없었으니까.

수노루 둘이 마주치면 나무에 머리를 들이대고 소리를 지름으로써 갈등을 해결하기도 해. 어떤 때는 서로 머리를 맞대는 정면대결을 벌이기도 하지만 그런 전투는 드물고 부상도 심하지 않아. 그들과 7년을 함께 사는 동안 나는 그런 싸움을 본 적이 없는데, 그렇다고 전혀 싸우지 않는다는 뜻은 아냐. 세상 어디서나 마찬가지로, 어떤 노루들은 다른 노루들에 비해 공격적이야. 처음에는 싸움이 놀이를 하는 것처럼 보여. 이를테면, 발로 치고받는 장난이나 소동 같은 것이지.

가끔 장난이 지나치다 보면 테스토스테론이 증가하여 개체의 공격성이 급격히 치솟을 수 있어. 각자의 영역을 정하는 활동은 5월에 절정에 달하는데, 일단 구획이 정해지고 나면 그런 방식의 불필요한 무력 시위를 피하면서 갈등은 완화돼.

나는 다게의 뒤편에서 조심스럽게 다가오는 수노루 한 마리를 보았어. 이름이 브록인데 이곳저곳 떠돌아다니지만 아직 자기 영역을 갖지 못한 겁 많은 어린 노루야. 운이 나쁘고 취약해서 자기 영역이 없이 여름철에는 작은 숲이나 덤불, 심지어는 울타리를 은신처로 삼았는데, 비참하다고까지 할 수 있을 정도로 무척 힘들게 사는 노루 중 하나였어. 이렇게 생존조건이 어려운 노루는 대개 세 살 미만으로 어리거나 열 살 이상 먹은 늙은이들이야. 어떤 노루는 끝내 작은 땅뙈기도 얻지 못하는데, 나이에 상관없이 그럴 수 있어. 부상을 입거나 아프거나 늙으면 경쟁에 나서지 못한 채 죽기도 해. 자기 의지에 반해, 생명의 위대한 주기와 종의 개체 조절에 참여하는 셈이지. 그해 태어난 어린 노루들은 너무 약하고 연장자의 주의를 끌만큼 충분히 전투적이지 않은데, 그들에게는 아비나 형이 두 번째 기회를 제공하기도 해. "피보호자"로 2년을 계속 보내는 거야. 그런데 그해 동안에 보호자에게 불운한 일이 생기면 피보호자가 보호자의 자리를 일시적으로 차지하는 걸 이웃들이 인정해줘. 그들은 현지를 잘 알고 "선임자" 옆에서 모든 것을 배웠기에 필요한 경우에는 설령 자기보다 더 크고 강한 경쟁자가 있다고 해도 이듬해 봄까지는 영역을 지켜낼 수 있어. 일반적으로, 암컷이든 수컷이든 모든 "노숙자" 노루들은 좋은 위치의 숲에서 쫓겨나 개활지에서 질 낮은 먹이와 불안정한 은신처를 찾을 수밖에 없어. 그런데 희한하게도, 나는 산에서, 특히 알프스의 침엽수림에서는 그런 상황의 노루들이 정반대의 처지에 있는 걸 알 수 있었어. 거기에서는 오히려 그들이 숲 한가운데 가장 울창하고 어두운 곳에 살고 있었어. 그들은 그곳을 서식지로 택해 거기서 생존하다가 한 지역이 (자연적으로든 인위적으로든) 재식림되면 즉시 그곳을 떠날 준비가 되어 있어. 그래서 이동은 숲의 바깥쪽에서 내부로 행해지는데, 가장 강력한 수컷이 숲의 가장자리 영역을 차지하고 있어서야.

브록이 우정과 위로를 찾아 다게에게 천천히 걸어왔어. 다게는 허약한 동족을 보고 자기 영역의 작은 일부를 브록과 함께 나누기로 했어. 나는 친구가 벗과 함께 멀어지는 것을 지켜봐야 했어. 브록이 내게 겁을 먹기라도 하면 나에 대한 다게의 신뢰가 깨질 위험이 있기 때문이었어.

나는 친구가 없을 때 외로움을 느꼈어. 그래서 다게 이외의 노루들, 즉, 시푸앵트, 에투알, 라플레슈에게도 다게와 같은 기법으로 길들여져야겠다고 머릿속으로 생각해보았지만, 사람들이 짐작할 수 있는 것과 달리 그게 그렇게 간단하지가 않아. 비록 다게가 나를 신뢰하고 내가 그의 뒤에서 걸을 수 있다 하더라도, 그것이 우리를 지켜본 다른 노루들에게까지 다게를 따라서 나를 신뢰하게 만들지는 않아. 음,

이건 훨씬 더 복잡한데, 개체별로 길들이기 작업이 따로따로 반복되어야 하기 때문이야. 작은 무리를 형성하는 겨울철에도, 설령 내가 노루 한 마리의 신뢰를 얻었다 하더라도, 내 선의를 그들에게 입증하려면 노루 하나하나의 성격에 맞춰 따로 작업해야 해. 역시 나의 "작은 노루들"은 기개가 있었지! 겨울 내내 노루들은 열 마리 이상까지 될 수 있는 무리를 형성하여 그들의 사촌인 사슴처럼 외딴 무리를 만들기도 하는데, 그렇다고 해서 그들을 군집동물 무리라고는 할 수 없어. 시푸앵트를 보려고 되돌아오자 그는 에투알과 함께 백악질 토양의 언덕 위, 내 영역 바깥으로 나갔어. 그곳에서 자라는 소관목은 너무 빽빽해서 그 안으로 들어가는 게 나에겐 힘든 일이었어. 그래서 이번에는 그들과 "한 걸음 더 나아가겠다"는 시도를 포기했어.

6

어느 날 저녁, 다게를 발견한 나는 그와 함께 몇 시간 동안 빈둥대며 어슬렁거렸어. 봄철 한밤중으로 나무들은 아직 싱그럽고 달콤한 잎사귀의 순을 틔우지 않았어. 배가 고픈 다게가 검은딸기나무 앞에서 싫은 기색을 내비치기 시작했어. 1년 내내 잎이 달려 있는 좋은 나무인데 불행하게도 겨울이 길어질수록 점점 더 쓴 맛을 내. 우리는 전형적인 노르망디식 농장 가장자리로 걸어갔어. 훌륭한 채소밭이 있었거든. 당근, 감자, 파, 근대가 자라고 있었고, 근처의 과수원 사과나무 아래서는 노르망디 암소들이 곁눈질하며 풀을 뜯어 먹고 있었어. 예쁜 꽃들이 채소밭 고랑을 분리시키며 피어 있었는데, 해충이 작물을 한꺼번에 다 망치지 않게 하기 위해서였어. 우리는 자동차들이 잘 다니지 않는 밤 시간에 길을 건넜어. 그래도 조심해야 했어. 실상, 노루는 차량에 치는 발굽동물의 4분의 3을 차지할 정도로 가장 많이 희생돼. 봄철에 수컷들의 활동이 활발해지는 것도 그 원인 중 하나야. 또한 새끼 노루들이 영역을 차지하기 위해 여기저기로 흩어지기 때문이기도 하지. 그리고 가을에는 숲에서 사냥을 하거나 나들이에 나선 사람들 때문에 방해를 받아. 다게는 1미터 20센티미터 높이의 담장을 풀쩍 뛰어넘어 아직 젖어 있는 풀 사이로 마냥 즐거워하며 채소밭으로 총총 달려갔어. 그리곤 여기저기서 진주 같은 이슬을 머금은 꽃들을 주워 먹었어. 덩이줄기들을 살살 파내 근대를 먹고 마지막으로 강낭콩을 먹은 다음, 농부가 깨어나기 전 새벽에 숲으로 돌아왔어. 개를 데리고 있는 주인은 밭에 밤손님이 다녀간 결과만 확인할 수 있겠지. 그래, 그건 피해라고 할 수도 없어. 굶주림 때문이니까. 우리는 나누는 법을 배워야 해. 그게 농촌의 삶이야. 어쨌거나 멧돼지들이 파헤친 것보다는 덜 심각하잖아! 다게와 사귄 지 몇 달 되지 않았을 때인데, 벌써 그 장난꾸러기가 나를 타락케 하다니! 하지만 굶주림 앞에선 염치가 들어설 틈이 없어서 어쩔 수 없었어.

그 시기에 나는 한 달에 두세 번 문명세계로 돌아갔어. 기운을 되찾기 위해서였어. 집 냉장고에 있는 가공음식은 언제나 입에 군침이 돌게 했어. 그런데 소화하기가 점점 힘들어졌어. 톡 쏘는 쓴 맛으로 된 숲의 식단에서 달콤하고 짭짤한 가공식품 세계로의 갑작스런 전환은 놀라운 경험이었어. 프로마쥬 블랑(걸쭉한 요거트 같은 부드러운 크림치즈-옮긴이)은 뜻밖의 버섯향을 발산했어. 공장에서 만든 빵은 씹기가 무척 어려웠고 삶은 계란은 구역질나게 했어. 집에 간 김에 통조림도 몇 개 주워 담았어. 처음 모험을 시작할 때 만든 비상용 저장고에 채우기 위해서였지. 카메라 배터리도 충전했어. 태양열 충전기는 몹시 실망스럽게도 조명이 밝지 않은 숲에서는 완전히 무용지물이었어. 뜨거운 물로 샤워도 했어. 어렸을 때 자던 침대에서 몇 시간 동안 잠을 잔 뒤, 새벽이 되기 전에 집을 나섰어. 숲에서 새로 시작한 삶을 못마땅해 하며 나를 꾸짖는 부모님과 마주치지 않기 위해서였어. 세탁을 했냐고? 아니. 인간세계의 냄새를 숲에 가져가고 싶지 않았으니까. 그 냄새는 자칫 내 노루 친구들을 예민하게 만들 수 있어. 게다가 숲에서 위생은 문제가 되지 않는다는 걸 깨달았어. 이에 대해서는 다시 얘기할 기회가 있을 거야.

나는 내 친구 다게와 다른 노루들이 먹이를 정확하게 선택하는 것에 늘 경탄해 마지않았어. 다게는 유연하게 잘 움직이는 입술과 가늘고 긴 혀로 초식동물에게 독성이 있다고 알려진 숲속 아네모네나 히아신스 등등의 식물들을 잘 먹었어. 그렇지만 독성 물질에 민감한 것 같지는 않았어. 하루당 섭취량에서 식단의 균형을 맞추는 데 필요한 타닌의 양을 정확히 맞추기 때문이야. 그의 침샘, 그리고 특히 귀밑샘은 타닌에 함유된 독소를 없애는 단백질을 만들어. 이 음식과학을 그는 새끼 때인 생애 첫 달에 이미 배웠어. 어미는 그를 목초지로 데려가 자기를 따라 이처럼 특이한 식물들을 조금씩 맛보게 했어. 그는 정확한 선택과 아주 예민한 후각 덕분에 입에 넣지 않고도 자신에게 필요한 것을 제공하는 식물인지 아닌지를 바로 알았어. 모든 반추동물 중에서 가장 발달된 노루의 간은 식물이 초식동물로부터 스스로를 보호하기 위해 분비하는 독성 물질을 억제해. 반면에 쓸개는 없어. 아주 특별한 과정에 의해 위에 다다른 탄수화물을 손상시키지 않은 채 바로 흡수할 수 있기 때문이야. 비료를 주고 재배한 식물과 옮겨 심은 나무가 자연적으로 자라는 그 어떤 것보다 훨씬 더 그의 구미를 당겼어. 관상용 나무, 새로운 품종의 장미, 히드뿌리나 담뱃잎은 말할 것도 없지. 요컨대, 숲에 없는 모든 것을 좋아했어. 그러니까, 더욱 분명히 말하자면 나의 유쾌한 친구들은 단맛, 짠맛, 쓴맛, 그리고 대체로 강렬한 맛이 나는 것이면 무엇이든 좋아한다는 거야. 그들은 영양가 높은 목본성 식물들과 반목본성 식물들을 무척 좋아해. 동일한 품종일지라도 묘목장에서 자란 식물과 자연적으로 자란 식물을 즉시 구별할 수 있어. 검은딸기나무, 덩굴광대수염, 칼루나 불가리스, 나무딸기, 산사나무, 뽕나무와 여름철의 모든 여린 잎들은 그들에게 대단히 높은 영양분을 줘. 물론 키가 너무 크지 않은 자그마한 크기의 나무라야 하지. 노루는 키가 작아서 높은 데 있는 먹이에 닿을 수 없으니까. 1미터 20센티미터보다 높은 곳에 있는 먹이는 노루보다 훨씬 큰 수사슴과 암사슴이 먹어. 전년도에 땅바닥 가까이 잘린 그루터기에서 봄에 싹이 돋는다면 그건 아주 좋지. 그런데 검은딸기나무와 떡갈나무, 아카시아, 야생 벗나무, 야생 자두나무의 잎사귀들처럼 숲에서 자라는 대부분의 먹이는 쓴맛, 매운 맛이 나거나 아무 맛도 없어.

우리는 온종일 나무 덤불숲에 머물면서 서풍이 불기를 참을성 있게 기다렸어. 숲속 빈터나 목초지나 밭, 아니면 그냥 길가에라도 나가고 싶었거든. 질경이, 소리쟁이, 민들레를 비롯해 단맛이 나거나 짜거나 매운 맛의 즙이 풍부한 식물을 먹으려고 탁 트인 데로 나섰을 때, 우리가 얼마나 강렬한 기쁨을 느끼는지 상상해 봐. 노루와 함께일 때 우리는 숲에서 사는 게 아니라 숲 덕분에 살아. 미묘한 차이지만 중요해. 반면, 추운 계절에는 먹이 공급이 줄어들어서 검은딸기나무가 주요 식단이 돼. 노루는 진화과정 속에서 숲에 먹이가 많지 않은 것에 적응해야 했어. 2500만 년 전에 나타난 그들의 첫 조상은 위턱에 고도로 발달된 송곳니들을 갖고 있었어. 시대의 기후가 바뀌면서 큰 과일나무들이 없어지자, 노루는 20만 년 전인 중기 홍적세 시대(신생대 제4기의 전기; 빙하가 후퇴하고 인류가 출현한 시기-옮긴이)에 지금의 형태로 진화했는데, 고생물학자들은 발목의 뼈 구조로 보건대 노루가 사슴이나 꽃사슴보다 훨씬 이전에 나타났을 거라고 말해. 영양가가 높지 않은 초본식물을 아주 많이 섭취해야 하는 다른 사슴과(科) 동물과 달리, 노루는 나무나 관목에서 먹이를 쉽게 찾을 수 있기 때문에 골라 먹기를 선호해. 바로 이 점이 내 친구들을 높은 영양가에 따라 가장 좋은 먹이를 정확히 골라내는 미식가라고 정의하는 이유야. 올해 돋아난 잎사귀나 봉오리, 장과(漿果), 어린 새싹이 그들이 좋아하는 다양한 맛의 한 부류이고, 과일도 아주 좋아해. 부지불식간에 내 친구들은 가령 마가목 같은 특정 나무의 씨앗을 여기저기 흩뿌림으로써 생태학적인 역할에 기여하기도 해. 그들의 소화관이 그런 씨앗들이 발아를 하기 위해 꼭 필요한 통로가 되기 때문이야. 반면, 풀은 생존하기에 충분한 식단이 되지 않기 때문에 거의 먹지 않아.

종이 진화함에 따라 위턱의 앞니는 작은 쿠션 모양의 연골로 바뀌었는데, 입을 다물어 아래턱의 이빨이 위로 올라갈 때 충격을 없애줘. 그들은 설치류와 달리 앞니로 목질의 줄기를 자르지 않고 어금니로 씹으려고 입 안 깊숙이 밀어 넣어. 일반적으로 숲에 사는 노루는 노령이어도 평원에 사는 노루보다 앞니가 덜 닳아 있어. 숲에 있는 나무줄기가 훨씬 부드러울 뿐만 아니라 먹이의 양과 질에 있어서도 현저하게 뛰어나기 때문이야. 제1위(혹위), 제2위(주름위), 제3위(엽위), 제4위(주름위)로 이루어진 노루의 위는 너무 작아서(약 5리터) 다게는 규칙적으로 하루에 열 번에서 열다섯 번 정도 먹어야 해. 식사 후 배가 부르면 은밀한 곳이거나 안전하다고 느끼는 개활지에서 되새김질을 해. 나는 그때가 온전한 휴식시간이라는 것을 그의 얼굴에서 읽을 수 있어. 그렇지만 그 순간에도 주변 경계를 멈추지 않아. 귀로는 아주 작은 소리를 듣고, 코로는 아주 미세한 냄새를 맡아. 노루는 차분하게 소화하는 시간이 필요하기 때문에, (사슴이나 멧돼지 떼가 출몰하거나 사람이 지나가는 등의) 외부 침입은 식사시간에 직접적인 영향을 미쳐. 예기치 않은 침입을 받으면 극도의 스트레스 상태에 빠질 수 있고, 그런 일이 자주 일어나면 잔뜩 겁을 집어먹어서 아주 작은 소리에도 풀쩍풀쩍 뛰고, 경우에 따라서는 "신경 쇠약증"에 걸리기도 해. 식사는 낮에는 물론이고 밤에도 규칙적으로 해야 해. 그들은 경험을 통해 눈에 띄지 않는 법을 배우는데, 가령 새벽이나 해 질 무

잠든 다게. 노루는 겉으로는 예민해 보이지만 실제로는 여유를 갖고 살아가는 평온한 동물이다. 어느 날 나는 왕래가 빈번한 길가의 검은딸기나무 옆에 앉아 있었다. 돌연 수풀 깊은 곳에서 코 고는 소리를 들었다. 다게였다. 산책자들이 지나가건 말건 그는 잠에 푹 빠져 있었다.

럽에 주변에 통행이 빈번하면 한낮에 식사하는 식으로 "일정표"를 바꾸기도 해. 아주 중요한 시간인데 방해받으면 안 되니까.

숲으로 돌아와 휴식을 충분히 취한 뒤에 우리는 새로 조림한 작은 숲을 가로질러 갔어. 단조롭고 직선으로 뻗은 풍경 속에서 소관목 크기의 어린 식물에서 부드러운 잎사귀를 주워 먹었지. 나의 "꼬마친구 다게"는 떡갈나무, 서양물푸레나무, 야생 벗나무처럼 조림원들의 흥미를 끌게 하는 나무 품종들을 특히 좋아하는 것 같았어. 식물들이 순을 틔울 때와 새싹은 영원한 황홀경의 원천이었어. 우리는 마치 알록달록 예쁘고 달콤한 사탕들이 즐비한 과자 가게 안에 있는 것 같았어. 이따금 그는 나무줄기 위 끝에 달린 새싹을 먹었어. 나무 위쪽에서 나온 새싹이 옆에서 나온 새싹보다 더 맛있는 건 아니지만, 앞날을 내다볼 줄 알아야 하기 때문이야. 나무들이 평생 그렇게 작은 채로 있는 건 아니니까. 나무에 먹이가 풍부한 채로 남을 수 있도록 유지시켜야 하거든. 어떤 면에서 노루는 숲의 초목을 가꾸는 정원사라고 할 수 있어. 노루가 새싹을 먹는 것은 식물을 죽게 하는 게 아니라 오히려 나무의 성장과정을 변화시켜. 때로는 여러 갈래의 덤불 모양으로 자라게도 하지. 산림관리원들에게 그런 나무들은 가치가 없는데 "경제적으로" 죽었다고 여기기 때문이야. 그러나 자연에서는 그렇지 않아. 모든 개체가 자극에 반응하고 최선을 다해 자기를 방어해. 생명은 언제나 길을 찾아내는데, 우리는 그 생명을 신뢰해야 해. 다게는 조림지 중간에 심은 니그라 소나무들과 독일가문비나무에는 홍미가 없었는데, 적어도 영양학적 관점으로 보면 그랬어. 하지만 다가오는 겨울에 먹이가 부족해지면 유용할 수 있겠지.

우리는 이제 그 구획을 떠나 털갈매나무와 자작나무가 어지럽게 싹을 틔우는 오솔길을 올라갔어. 초목을 배불리 먹은 뒤라 평온하게 되새김질할 곳을 찾아 나섰던 거야. 우리는 아리의 영역으로 향했어. 아리는 힘이 아주 센 노루야. 시푸앵트와 똑같이 아리는 영역을 표시하는 시기에는 무시무시한 성격을 보였는데, 그래서 태평스럽게 그의 영역으로 다가가는 친구가 조금 걱정되었어. 다게 뒤에서 걸어가면서 발걸음을 따라갈수록 점점 더 갈지자로 비틀비틀 걷고 있는 것 같았어. 내가 보기에 상태가 좀 안 좋았어. 약간 정신이 나가 보였다고 할까. 아리의 영역에서 이유도 없이 시끄럽게 소리를 질러대니까 금세 아리가 나타났어. 키가 크고 근육질인데다 거대한 뿔을 가진 인상적인 실루엣의 노루였어. 다게가 구역에서 가장 힘이 세고 텃세도 가장 심한 노루를 향해 무사태평의 발걸음으로 뚜벅뚜벅 걸어갔어. 그리고는 즐거워 죽겠다는 듯 깡충깡충 뛰자 아리는 어안이 벙벙해 보였어. 갑자기 아리가 다게를 향해 크게 소리를 지르자, 일순간 얼어붙은 듯했던 다게는 얼간이 같은 표정으로 아리를 향해 돌아섰는데, 그 모습이 꼭 이렇게 말하는 듯했어. "야, 너 미쳤어? 간 떨어질 뻔했잖아!" 잔뜩 열받은 아리가 계속 바보짓을 하는 다게를 향해 돌진했어. 그러다가 다게 코앞에서 멈춰 섰어. 어리둥절해지고 놀란 아리는 조금 뒤로 물러났다가 다시 돌격했어. 옆구리를 치어 넘어지며 조금 낑낑 신음소리를 낸 다게는 다시 아무 일도 없다는 듯 일어섰어. 그러자 노루들 중에서 제일 크고 힘이 센 노루가 당황했던지 겁을 먹고는 뒤로 좀 물러나 더 크게 소리를 질러댔어. 다게가 내 쪽으로 오더니 내 바로 뒤에 숨었어. 그건 내게 좋은 일이 아니었어. 아리가 다시 돌격해 올 때 둘 사이에 끼고 싶지 않았으니까. 그런데 아리가 불만에 가득 찬 소리만 꽥꽥 질러대면서 떠나갔어. 그는 분명 그날 저녁에 다시 돌아와 자기 영역에 다시 또 표시했을 거야. 우리는 다게의 생활 구역으로 돌아갔어. 아직도 약간 정신이 나간 듯 보였던 그는 숲속 빈터 가장자리에 있는 나무에 선 채 자리를 잡았어. 나무에 기댄 그가 나를 쳐다보았어. 어차피 그로선 다른 선택의 여지가 없었어. 시간이 지나가기만을 기다려야 했지. 왜냐하면 다게는 순전히 취해 있었던 거니까! 실제로 가을철이 되면 식물은 새싹들을 보호하고 매섭게 추운 겨울을 견딜 수 있게끔 세포 속에 다량의 천연 유기염류인 알칼로이드, 사포노이드와 폴리페놀 등의 물질을 농축해. 그 물질이 동결방지제 같은 것을 만드는데 그걸 노루가 삼키면 도수 높은 알코올을 마신 것과 똑같은 효과를 일으켜. 때때로 동물들이 숲길에서 술에 취해 비틀거리는 우스꽝스러운 장면을 보이는 건 그 때문이야. 몇 년 전, 내가 사는 외르도(道)의 부르트룰드-앵프르빌이라는 작은 마을에서는 부근에 사는 노루가 호텔 레스토랑의 주방 식탁 아래 떡-하니 자리를 잡더니 떠날 생각을 하지 않았던 일이 있었어. 녀석을 쫓아내는데 시간이 꽤 오래 걸렸지. 그 물질의 양은 식물에 따라 다른데, 모든 노루가 다 그런 식물을 먹고 취하는 건 아니야. 식욕이 왕성한 노루하고만 관련이 있어.

7

어느 이른 아침, 말로 표현할 수 없는 기쁨이 불시에 찾아왔어. 다게가 점점 더 나를 길들이더니 심지어 내 신발 냄새를 맡으려고 내 발치까지 다가온 거야. 그는 경계를 늦추지 않으면서 내 행동을 지켜보았어. 내게 가까이 다가오면 주로 내 손을 쳐다보았는데, 혹시나 내가 손으로 자기를 붙잡지 않을까 두려워서 그랬던 게 틀림없었어. 나는 양팔을 몸에 바짝 붙인 채 손바닥을 내밀었어. 인식하게 하기 위해서였지. 그렇게 그를 안심시켰고, 그는 내가 움직이지 않는다는 걸 확인했어. 쓰다듬으려는 시도도 하지 않았어. 하지만 그러고 싶은 유혹이 얼마나 컸는지는 아무도 모를 거야. 우리는 시푸앵트가 지배자로 군림하는 소나무 숲으로 걸어갔어. 도발하려고 그랬는지는 알 수 없었는데, 다게는 그 숲으로 들어가고 싶어 하는 게 분명했어. 때 이른 아침이라 퍽 어두웠어. 아직 해가 뜨지도 않은 회색의 주변 풍경 속에서 속삭이는 듯한 작은 소리가 들려왔어. 비범한 청력을 가진 다게가 즉시 그 소리를 포착하고는 어디서 나는지 알아보려는 듯 주위를 살피기 시작했어. 우리는 조심스럽게 다가갔어. 그는 규칙적으로 멈춰 서서 주변 공기를 들이마시곤 했는데, 무언가 호기심이 발동한 듯했어. 그건 두려움이 아니라 호기심이 분명했어. 갑자기 내 앞 몇 미터 떨어진 곳에서 에투알이 보였어. 주변이 어두워 잘 보이지 않았던 거야. 에투알은 혼자 누워있었어. 시푸앵트는 곁에 없었어. 에투알은 다게를 보자 우리 쪽으로 코를 킁킁대더니 숨을 헐떡이며 일어나 낑낑 우는 소리를 내면서 힘겹게 걸어왔어. 그러자 다게가 타박타박 슬그머니 물러났어. 그를 따라갈 수는 있었지만 에투알이 걱정되었어. 상태가 좋아 보이지 않았거든. 나는 다게를 혼자 떠나게 놔두고 에투알을 지켜보려고 잠시 그 자리에 머물렀어.

그 아침의 날씨는 6월치고는 무척 선선했어. 에투알은 나를 보았고 내 냄새도 알아차렸어. 나는 지난 몇 주 동안 시푸앵트의 신뢰를 얻은 것보다도 에투알에게서 더 신뢰를 많이 얻었어. 에투알이 내 존재에 더 흥미를 느끼는 것 같았지. 에투알은 경험이 많은 암노루였는데, 우리 둘이 특별한 경험을 함께 했던 것은 아니었지만 서로 마주칠 때마다 나에 대한 호기심을 내보이곤 했어. 나는 이 작고 영리한 암컷에 깊은 존경심을 갖고 있었어. 에투알은 나에게 아무 말도 하지 않은 채, 10미터쯤 떨어진 곳에 누워 있다가 꽤 오랫동안 물끄러미 쳐다보더니 잠시 잠들었어. 적어도 내가 보기엔 그랬어. 나는 꼼짝하지 않았는데, 아주 잘한 일이었어. 잠시 후 천천히 눈을 뜬 에투알의 시선이 여전히 나에게 고정되어 있었기 때문이야. 잠든 게 틀림없다고 여긴 내가 다가오고 있는지 확인하기 위한 술수였던 거야. 노루와 함께 놀 때 내가 노루보다 더 똑똑하다고 생각해서는 안 돼. 그래봤자 손해만 봐. 몇 분이 지나자 그녀가 긴장을 푸는 걸 보고 그만큼 나에 대한 신뢰가 크다는 걸 알 수 있었어.

얼마나 더 지났을까, 눈에 띄게 쇠약해진 그녀가 고통스럽게 일어서더니 온몸을 덜덜 떨었어. 마치 카드로 만든 성(城)처럼 쓰러질 위험에 처한 것 같았어. 그녀가 한 걸음 앞으로 나아가다가 멈춰 섰어. 나는 심각한 일이 일어나지 않기를 온 마음으로 기도했어. 그때 그녀의 엉덩이에서 가느다란 줄기의 액체가 흘러내리는 걸 보았어. 입에서는 옅은 신음소리가 나왔고, 나는 그녀가 고통을 참으려고 엄청나게 애쓰고 있다는 걸 알 수 있었어. 그녀의 엉덩이를 더 잘 보려고 옆으로 몇 걸음 내디뎠을 때, 나는 삶이 우리에게 줄 수 있는 가장 위대한 선물이 내 눈앞에서 펼쳐지고 있다는 것을 깨달았어. 그녀는 출산 중이었던 거야! 고통은 진통일 뿐이었고, 나는 세상에 나오려고 애쓰는 새끼의 탄생을 지켜보게 됐어. 시푸앤트가 그 자리에 없는 이유이기도 했어. 대개 암노루들은 만삭으로 출산이 임박했을 때, 수컷이 주변에 얼씬거리는 걸 좋아하지 않아. 뻣뻣한 채로 덜덜 떠는 두 다리가 태반을 뚫은 후 허공에 매달려 있었어. 나는 기뻐 어쩔 줄 몰랐던 데다 워낙 에투알 가까이 있었기 때문에 하마터면 출산을 도우러 갈 뻔했어. 하지만 이성은 나에게 가지 말라며 에투알이 새끼와의 친밀한 순간을 혼자 누리도록 놔두게 하라 했어. 나는 그녀의 고통을 함께 나누었고, 엷은 신음소리를 낼 때마다 이 작고 용감한 암노루가 얼마나 분투하고 있는지를 느낄 수 있었어. 첫 번째 진통이 왔어. 효과가 없었어. 두 번째 진통이 왔어. 여전히 효과가 없었어. 출산하려고 계속 힘을 주는 그녀의 노력은 처절했어. 몇 분이 지나고 또 다시 진통이 왔어. 그러다가 또 다시 진통이 왔을 때, 불쑥 새끼가 나오더니 그 무게에 비례하는 소리를 내며 땅바닥에 떨어졌어. 쿵! 그래, 우리 "작은 아가야", 지상에 온 걸 환영해.

나는 마치 그 새끼를 내가 낳은 것처럼 마음속 깊이 이루 말할 수 없는 기쁨을 느꼈어. 그리고 그 어떤 도움도 없이 혼자 고통에 맞서며 생명의 시험대를 극복한 작은 암노루가 자랑스러웠어. 두 번째 새끼가 나오기를 기다렸지만 더 이상은 없었어. 새끼는 딱 한 마리였고 수컷으로, 이름을 셰비라고 지었어. 에투알은 잠시 몸과 마음을 진정시키더니 새끼에게 향했어. 셰비는 온몸을 바르르 떨고 있었어. 에투알은 셰비의 젖은 몸을 말려주려고 온몸을 핥아주었는데, 그 행위는 장차 그들을 하나로 결합시킬 유대감을 확립하기 위한 것이기도 했어. 에투알은 아직 새끼의 이곳저곳에 들러붙어 있는 태반을 먹어 치웠어. 만약 운 나쁘게 여우나 다른 포식자가 태반을 발견하기라도 하면 아직 걷지 못하는 신생아와 출산으로 인해 몹시 허약해진 어미를 위험에 빠뜨릴 수 있기 때문이야. 셰비의 단장이 끝나자 어미가 혀로 핥아 털이 온통 헝클어진 아주 작은 귀염둥이를 볼 수 있었어. 한 시간 후, 그 멋쟁이 꼬마는 홀로 일어서려고 했어. 첫 번째 시도는 실패

했어. 두 번째 시도는 성공할 뻔했는데, 몇 초 뒤에 넘어진 뒤 즉시 다시 일어나 세 걸음 걷더니 풀밭 위에 비틀거리며 나자빠졌어. 태어나면서 어찌나 힘들었는지 녹초가 된 어린 새끼는 피로로 쓰러져 따뜻하고 부드러운 어미에 기대어 몸을 웅크렸어.

잠시 후 셰비가 다시 일어났어. 이번에는 더욱 자신감을 갖고 일어나더니 네 개의 어미 젖꼭지 중 하나로 다가가 게걸스럽게 빨기 시작했어. 어미는 앞으로 다섯 달 동안 새끼에게 젖을 먹일 거야. 새끼 곁에 누워 있는 어미는 잠자고 싶어 하는 것 같았어. 어미는 마지막으로 다시 한번 새끼의 온몸을 핥더니 새끼의 코를 정답게 톡톡 친 다음 내 쪽으로 고개를 돌렸어. 깜짝 놀란 그녀가 나를 오랫동안 바라보았어. 힘들게 애쓰는 동안 내가 옆에 있었다는 걸 잊었던 게 분명했어. 나는 천천히 몸을 돌려 조심조심 걸으며 다게를 만나러 떠났는데, 감동에 흠뻑 젖어 몸과 마음이 살짝 떨리고 있었어. 에투알은 내가 떠나는 모습을 지켜보았어. 셰비는 처음 몇 주 동안은 덤불 속에 숨어 살다가 좀 기운이 생기면 어미 뒤를 따라 걸어 다니게 될 터였어. 그때까지 나는 녀석을 가만 놔두어야 해. 에투알이 아무리 나를 잘 안다고 하더라도 내 냄새가 새끼의 냄새와 섞이면 어떤 반응을 일으킬지 모르기 때문이야. 그래서 나는 그런 위험을 피해 녀석을 평온하게 놔두는 쪽을 택했어. 나는 이미 다게, 라플레슈를 비롯해 몇몇 노루와 알고 지냈는데, 앞으로는 아마 시푸앵트와 함께 어미 뒤에서 총총 걸어가는 셰비를 만나는 특권을 누릴 수 있게 될 거야.

암노루들에게 분만은 결코 즐거운 일이 아니야. 출산 시 시간차가 있는데 어떤 암노루는 첫째가 태어난 뒤 둘째를 낳을 때까지 여러 시간이 걸릴 수도 있어. 출산 시 어마어마하게 힘을 써야 하기 때문에 어미 몸은 쇠약해지는데 새끼 중 하나가 잘못되기라도 하면 어미까지 죽을 수 있어. 세 마리가 한꺼번에 죽는 거야. 태어난 새끼들이 어미젖을 먹지 못해 몇 시간 뒤 비극적으로 굶어 죽기 때문이야! 안타깝게도 죽음은 빈번하게 일어나. 자연법칙의 과정이 암노루로 하여금 다른 장소에서 새끼를 낳도록 하기 때문이야. 그래서 어미가 재빨리 돌아오지 않으면 첫째는 주변을 배회하는 포식자의 희생양이 되기 쉽거나 몸이 차가워져. 새끼가 생존하는 데는 처음 6개월이 결정적이야. 사망률은 암수 구분 없이 생후 첫 달에 가장 높은데, 사람들의 짐작을 넘어서는 수준이야. 두 살 미만의 어린 암노루는 새끼를 낳을 만큼 육체적으로 충분히 성숙하지 않아. 그렇게 어린 암노루들은 새끼를 낳지 않거나 낳더라도 아주 적게 낳고, 몸무게는 20킬로그램을 넘지 않고 예외적으로만 발정을 해. 에투알은 어린 데다 눈짐작으로 보건대 몸무게가 20킬로그램 정도로 가벼워서 새끼를 하나만 낳았어. 나는 암노루 친구들을 관찰하면서 암노루가 뱃속에 밸 수 있는 새끼의 수가 몸무게와 밀접한 관련이 있다는 걸 확인했어. 몸무게가 가벼울수록 새끼를 더 적게 갖는 거지. 먹이가 풍부한 근처의 숲(리옹-라-포레)에서 새끼 세 마리를 낳은 암노루를 한 마리 알고 있는데, 그녀의 몸무게는 30킬로그램이 넘어. 이런 현상은 포식자들이 없을 때 종의 자기조절을 보여줘. 실상, 출생을 많게 또는 적게 하는 것은 본질적으로 분만 기간 동안 먹이 자원의 가용성과 연관이 있어. 다음 몇 페이지 지나서 만나게 될 마놀리아 같은 일부 암컷들은 모성 본능이 발달돼 있지 않아서 뱃속의 새끼들을 다 잃기도 해. 반면, 보다 헌신적인 다른 암컷들은 지배하려는 성격에 힘입어 그들 자신과 새끼들에게 풍요로운 식단을 제공하는 양질의 생활 구역을 차지하는 데 성공해. 그 결과 새끼들을 튼튼하게 해줄 젖이 풍부하게 나와. 다른 변화가 없다면 그러한 특징이 지속되면서 매년 같은 상황이 거듭 일어나는 경향이 있는데, 이것은 장기적으로 볼 때 전체 혈통이 영구히 존재하도록 영향을 미칠 수 있어.

다른 새끼들과 마찬가지로, 셰비는 지상에서의 첫날을 덤불 속에서 숨어 지냈어. 어미가 새끼에게 안전한 곳이라고 여긴 무성한 덤불 속으로 새끼는 거기서 힘을 길러. 또 그 첫 일 주일 동안은 모든 새끼들의 육체적 성장을 가장 크게 결정짓는 기간이기도 해. 이 위험한 단계를 지난 뒤 새끼는 거의 모든 곳에 날렵한 동작으로 어미를 따라다닐 수 있어. 숲속의 다른 암노루들과 마찬가지로, 에투알은 새끼를 지키기 위해 빈틈없이 헌신하는 모습을 보였어. 실제로 어미들은 독사를 만나면 발로 튀기고 여우를 쫓아내기도 해. 새끼를 사냥꾼으로부터 보호하겠다고 자기 몸으로 가로막는 극단적인 경우도 있어. 그럼에도 불구하고, 그들은 자연의 포식자 때문에 여전히 죽임을 많이 당해. 특히 초여름에 그럴 위험이 크고, 눈 내리는 겨울철도 마찬가지야.

눈이 수북이 쌓이면 어린 새끼들의 동작을 더디게 하기 때문에 어른 노루보다 더 쉽게 공격당하게 돼. 새끼가 기운을 차리기를 기다리는 첫 주 동안, 에투알은 먹이를 찾으러 나설 때 셰비를 안전한 곳에 두고는 자기가 돌아올 때까지 가만히 누워 있으라고 조그맣게 외치면서 "지시"해. 에투알은 새끼를 몇 시간 동안 혼자 둘 수 있어. 다행히 셰비의 털 색깔은 연한 갈색 바탕에 흰 반점 무늬들이 있어서 위장에 효과적이야. 그 반점 무늬들은 7월 한 달 동안 빠르게 없어질 거야. 어쩌면 출산 뒤 처음 몇 주 동안에 급속도로 없어질 수도 있어. 8월이 되면 처음에 났던 반점 무늬를 아주 옅게만 알아볼 수 있을 뿐이고, 9월 말이 되면 두꺼운 겨울 털로 바뀌면서 모든 점에서 어른 노루와 비슷하게 돼. 목은 또 "턱받이"라고 불리는 흰 반점으로 명료하게 장식될 거야.

다게와 함께 하루를 보내는 동안에도 이제 나와 멀지 않은 곳에 살고 있는 작고 연약한 그 꼬마가 머릿속을 떠나지 않았어.(태어나는 걸 목격한 건 그 녀석 하나뿐이었거든.) 계속 그때의 광경이 뇌리를 스쳐 지나갔어. 그때 카메라가 없었던 게 얼마나 아쉬웠는지 몰라. 멋진 순간들을 많이 찍을 수 있었을 텐데. 당시에는 에투알을 찍은 사진도 없었어. 그렇게 정신을 딴 데 팔고 있다가 급기야 내 앞에서 걷고 있던 다게를 시야에서 놓치고 말았어. 나를 기다리지 않았던 게 분명해. 폭풍우가 몰아칠 것 같았어. 아주 맹렬할 것 같지는 않았지만 그래도 바람이 잘 파고들지 않는 소나무 밑으로 되돌아가기로 했어. 가만히 앉아있었어. 한 시간 후, 우연히 시푸앵트를 만났는데 그는 아직 자기가 아빠가 되었다는 걸 모르고 있었어. 그를 따라가려 했어. 그도 어느 정도는 나와 놀고 싶어 하는 것 같았거든. 하지만 시푸앵트와 함께 노는 것은 언제나 간단치 않았어. 몇 년 동안 함께 살았음에도, 그래서 내가 해를 끼치지 않는다는 것을 아주 잘 알고, 내가 뒤에서 걸어갈 때 아무런 문제없이 내 존재를 받아들인다고 해도, 언제나 머리로는 이해했지만 몸은 여전히 주저하고 있다는 느낌을 받았어. 앞다리는 머리에 맞춰 퍽 정상적으로 편안하게 걸었는데, 뻣뻣한 뒷다리와 엉덩이 부분은 몸 전체를 추월하려는 듯 빨리 가고 싶어 하는 기묘한 자세를 보여주었어. 그래서 나는 급하게 다가가지 않으려고 거리를 좀 더 멀리 두었어. 이런 유형의 훈련에서는 무언가를 강요해선 안 되고 다만 제안해야 돼. 선택은 그의 몫이었어. 나는 그를 얼마나 끌어안고 싶고, 쓰다듬고 싶고, 삶의 순간들을 함께하고 싶은지 속삭이며 말을 건넸어. 내 목소리의 억양이 그를 안심시키고 나를 받아들이게 하는 데 있어서 중요한 역할을 한다고 확신했거든. 영역 표시를 마치도록 그대로 놔두자 그는 점점 멀어진 후 사라졌어. 우선은 비가 오기 전에 밤을 보낼 준비를 할 때였어. 전나무 가지를 몇 개 부러뜨려 "매트리스"를 준비하고는 잠시 쉬기로 했어. 감동에 겨운 하루를 보낸 터라 그게 좋을 것 같았어. 즐기기로 했어. 여름이었잖아.

8

여름이 깊어졌고, 영광스럽게도 나에 대한 다게의 신뢰도 더욱 깊어졌어. 날은 더웠고 하늘은 푸르렀고 햇살은 눈부셨어. 그래도 아침나절에는 습했기 때문에 다게는 몸을 조금 덥히려고 숲속 빈터의 높이 자란 풀밭에 누웠어. 내가 "여우의 숲속 빈터"라고 이름 지은 곳으로 열네 살 때 생애 처음으로 암노루의 사진을 찍었던 곳이기도 해. 그때는 몇 주 뒤에 다시 돌아가면 그 암노루를 다시 볼 수 있을 거라고 믿었지. 그러나 잘생긴 붉은여우가 거기서 멀리 떨어지지 않은 굴에 터를 잡고 있었기에, 암노루는 그쪽으로 가고 싶은 마음을 접어야 했을 거야. 게다가 늦봄이었으니 만약 새끼라도 배고 있었다면 당연히 그곳에 가는 위험을 무릅쓰지 않았겠지. 다게는 이삭을 조금 주워 먹었고 나는 작은 사과나무 밑에 사냥꾼들이 놓아둔 수박과 멜론을 슬쩍 "빌릴" 기회를 얻었어. 사과나무 줄기에는 목재 말뚝과 작은 철망이 둘러져 있었어. 그 "과일 꾸러미"는 나를 위해 준비된 게 아니었지만 자기들 제물을 좀 집어먹었다고 멧돼지들이 설마 나를 욕하기야 하겠어. 그리고 내 생각이겠지만, 멧돼지들은 충분히 살이 쪘으니까.

　나는 과일로 배를 잔뜩 채운 뒤 숲과 숲 사이 빈터에 누웠어. 다게가 내게 바짝 다가왔을 때 전혀 기대하지 않았던 아주 특별한 일이 일어났어. 내 곁에 딱 달라붙어 몸을 웅크리고는 아주 만족스럽고 신뢰한다는 눈빛으로 나를 쳐다보는 것이었어. 내 다리에 그의 따뜻한 몸이 느껴졌어. 그는 자기 무릎 밑에 머리를 대고 몸을 동그랗게 말더니 휴식을 취했어. 털을 손으로 쓰다듬고 싶은 마음이 굴뚝같았지만 그가 놀라서 다시는 내게 다가오지 않으면 어쩌지 하는 마음에 참았어. 잠시 후, 살짝 고개 들어 나를 쳐다보며 하품하더니 내가 손을 얹고 있던 허벅지에 머리를 올려놓았어. 나는 엄지손가락으로 뺨을 살짝 쓰다듬을 기회를 잡았어. 마음에 들어 하는 것 같았어. 살그머니 손을 빼내 등에 올려놓았어. 그의 반응을 살피면서 오랫동안 어루만졌어. 그가 긴장을 푼 채 눈을 감았어. 간혹 근육이 조금씩 움찔거렸는데 인간이 어루만지는 게 어떤 것인지 전혀 몰랐던 동물이라는 점을 감안한다면 극히 정상적인 반응이었어. 나도 처음 겪는 일이라 조금 떨고 있었어. 계속 쓰다듬자 근육의 긴장이 풀렸는지 평온하게 잠이 들었어. 잠결에 이따금 낑낑대거나 으르렁댔고 툭툭 발길질을 하기도 했어. 꿈을 꾸고 있던 거였어. 깊이 잠들었던 게 분명했어. 내게 기대고 있는 그의 몸무게가 점점 더 무거워지는 게 느껴졌거든.

　노루는 접촉을 즐기는 동물로 알려져 있지 않아. 그럼에도 두 개체가 서로 좋아할 때엔 혀로 상대방의 털을 손질해주는 모습을 심심

세비. 노루는 발굽동물로서 면도날처럼 날카로운 발톱으로 걷는다. 한번은 세비가 내게 안기려고 신발 위로 올라와 얼굴까지 닿은 적이 있었는데, 내 신발에 구멍을 내고 발에도 상처를 냈다.

치 않게 볼 수 있어. 애정 표현은 일 년 중 어느 때든 상관없이 반복돼. 애정 행각이 훨씬 빈번해지는 짝짓기 철은 두말할 필요도 없겠지. 그것이 결국 애인에게 "사랑을 구하는" 단계니까. 아무튼 내 친구는 어루만지는 것을 즐기는 듯했고, 나는 그를 즐겁게 해줄 수 있어서 무척 기뻤어.

우리는 계속 그 평온한 아침을 즐겼어. 꿀벌들이 머리 위에서 빙빙 돌며 풀밭에 흩어진 꽃에서 꿀을 모았어. 그 충만한 순간을 방해하는 소리는 아무것도 없었어. 이번 기회에 나는 지평선을 조금 더 바라보기로 했어. 숲속에서 살면 20~30미터 너머를 볼 수 없기 때문이야. "숨을 돌리니" 기분이 아주 좋았어. 갑자기 저 멀리 산책자들이 보였어. 우리가 있는 방향으로 걸어오고 있었지만 나는 딱히 신경 쓰지 않았어. 그들은 산책로에 있었고, 우리는 높이 자란 풀에 가려져 있었거든. 잠시 후, 그들이 우리가 있는 풀밭으로 질러오고 있다는 것을 알아차렸어. 다게가 아직 평온하게 잠자고 있었는데 곧장 우리 쪽으로 향하고 있었던 거야. 얼마 안 가 우리 가까이 다가왔어. 손에 스틱을 든 50대의 남자 한 명과 여자 한 명이었는데, 서로 아무 말도 하지 않으면서 묵묵히 규칙적인 발걸음으로 걸어왔어. 다게는 계속 자고 있었어. 나는 벌떡 일어날 채비를 차렸어. 다게가 수상한 냄새를 맡거나 그 사람들이 지나가는 소리를 듣고 눈꺼풀을 들어 올리는 순간에 대비했지. 하지만 아무 일도 일어나지 않았어. 정말 아무 일도! 그는 "세상모르게" 자고 있었어. 두 산책자는 지나가면서 내게 "안녕하세요!"라고 인사했고, 나도 그들에게 화답했어. 그들은 내게 미소를 짓더니 가던 길로 멀어져 갔어. 믿어지지 않았지! 내 무릎 위에는 쓰다듬고 있는 노루, 다게가 있었는데! 그는 내게 기대어 있는 게 기분이 좋았던지 꼼짝도 하지 않았어. 그 산책자들은 내가 개를 데리고 있다고 생각했던 게 틀림없었어. 아연실색할 노릇이었지!

15분 후, 나의 "잠자는 숲속의 미남"이 한 떨기 꽃처럼 잠에서 깨어났어. 주위 풍경을 잠시 둘러보더니, 혀로 코를 핥고 킁킁대며 냄새를 맡아 보고는 일어났어. 기지개를 쭉 펴고 몸을 부르르 털더니 자기 털을 핥았어. 마치 아무 일도 일어나지 않았다는 듯 말이야. 하기야 그가 보기에는 아무 일도 일어나지 않았지. 내 생각에는 나를 신뢰했기에 긴장을 풀고 아무 걱정 없이 잠을 잤던 것 같아. 친구를 믿어서 경계심을 떨쳐버리고, 살아나가기 위한 무거운 짐을 잠시 내려놓았다는 생각이 들었어.

—친구야, 널 지켜주는 게 내게는 큰 영광이라는 걸 알아다오.

9

다게와 나는 빈터에서 나와 숲속으로 들어갔어. 그가 숲 기슭에서 나무딸기를 따먹는 동안 나는 따라오지 않도록 최대한 살금살금 빠져나와 시푸앵트의 영역으로 향했어. 나는 서로 오해가 생기지 않게끔 언제나 다게와 시푸앵트가 만나지 않도록 애썼어. 노루가 다니는 길모퉁이에서 에투알을 만났는데 셰비가 뒤에서 따라오고 있었어. 이 작은 새끼 노루에게 나를 길들이게 할 좋은 기회였지. 셰비는 태어난 지 석 달이 지나 젖을 뗐는데 앞으로는 겨울이 끝날 때까지 계속 어미에게서 배울 터였어. 건강이 좋아 보여서 안심됐어. 적대적인 환경에서 살아가려면 힘이 필요하기 때문이야. 실제로 수많은 새끼 노루들이 첫 해를 넘기지 못해. 숲에서는 어떤 일이든 일어날 수 있어. 폐선충과 간디스토마 같은 몸 안의 기생충이나, 물어뜯는 기생충, 콧구멍에 들러붙는 날파리들, 양파리들, 좀 드물긴 하지만 쇠파리 같은 몸의 바깥 기생충들뿐만 아니라, 몹시 습한 추위 때문에 어린 노루는 건강을 해칠 수 있고 때로는 죽음에 이르기도 해. 두말할 것도 없이,

생명을 잃은 작은 시신을 발견하는 것은 큰 슬픔이야. 그렇지만 나는 그러한 죽음들을 숲의 균형을 유지할 수 있게 만드는 종(種)의 자연적 조절로 여겼어. 사람들이 자연에 개입하지 않고 끝까지 본연의 일을 하도록 남겨두기만 한다면 말이야.

셰비와 몇 차례 마주쳤지만 다가가려는 시도는 한 번도 하지 않았었어. 그에게 아주 위험할 수 있었거든. 자칫 내 냄새를 어미 냄새로 착각할 수 있는데, 그럴 경우 어미는 필시 그를 버릴 테니까. 내가 셰비에게 길들여지는 과정은 정말 즐거운 일이 될 것 같았어. 어미는 나를 믿고, 아비는 나를 아주 잘 알고 있으며, 그는 세상에 대한 선입견이 없는 어린 동물이기 때문에 내가 다가간다고 해도 별로 신경쓰지 않을 거야. 이 얼마나 환상적인 일이란 말인가! 나를 신뢰했던 에투알에게 다가갔어. 그녀는 내게 아무 말도 하지 않았어. 셰비는 어미에게서 몇 걸음 떨어진 곳에서 얌전한 자세로 조용히 누워 있었어. 그는 모든 것을 관찰하고 모든 것을 심심풀이 삼아 건드렸는데, 내 생각에 그건 어미를 전적으로 믿기 때문이었어. 천천히 다가가 몇 미터 앞에 앉았어. 그가 내 쪽으로 귀를 쫑긋 세우더니 골똘히 쳐다봤어. 그리고는 어미의 반응을 살피려고 몇 번 흘낏 쳐다보았는데, 에투알은 계속 아무 말도 하지 않았어. 아예 우리를 쳐다보지도 않았어.

각기 따로 사방으로 움직이는 크고 민감한 두 귀를 가진 그는 조금이라도 의심스럽거나 비정상적인 소리에 반응하며 즉시 경계에 들어가. 시간이 지남에 따라 보통의 소음과 위험한 소리 사이의 차이를

아네모네의 향기. 다른 초식동물들에게는 독성이 강한 숲속 아네모네를 노루는 봄에 다량 섭취한다. 노루는 쓸개가 없기 때문에 독은 아무런 영향을 미치지 않는다. 오히려 특정 질병을 예방하는 효과가 있다.

배우게 돼. 예를 들어, 트랙터 소리나 절단기로 나무를 자를 때 나는 날카로운 굉음은 일상적인 소리 환경의 일부이므로 "무해한" 소음으로 분류되는 반면, 사방이 고요할 때 잔가지가 딱딱 부러지는 소리는 필연적으로 최대한의 경계 태세를 불러와.

흠흠 주변 냄새를 맡고 있는 세비는 겁을 집어먹은 것 같았어. 일어나서 어미에게 서둘러 갔어. 녀석의 뒷다리와 엉덩이 부분의 털이 곤두서 있는 건 불안감이 커진 데서 오는 직접적인 결과였어. 실제로 엉덩이 털에 둘러싸여 있는 피하근육의 수축은 순백색의 경보 신호를 형성하여, 포식자가 쫓는 경우 가족이 무리를 이루어 흩어지지 않게 해줘. 포식자는 예쁜 흰 반점이 숲속 깊이 들어가는 걸 보고 따라가지만, 노루가 방향을 바꾸기 전까지만 볼 수 있어. 피하근육의 수축을 풀면 하얀 반점이 없어지니까! 훌륭한 교란작전이지. 동시에 냄새 분비선이 공기 속에 특유의 물질을 퍼뜨려 부근에 있는 노루들에게 위험이 임박했다고 알려줘. 나는 세비 뒤로 멀찌감치 떨어져서 걸었어. 세비가 황급히 총총 걷거나 사방으로 깡충깡충 뛰었거든. 에투알은 소란스러운 소리가 어디에서 나는지 보려고 이따금 뒤를 돌아보았어. 그러다 우리를 보고는 다시 걸어갔어. 세비는 마치 죽음의 위험이 다가오고 있다는 듯 어미의 허벅지 옆에 딱 달라붙어서 앵앵거리는 소리를 내며 어미를 힐끔힐끔 쳐다봤어. 꼭 이렇게 말하는 것 같았어. "엄마, 조금 전부터 우리를 따라오는 저 이상하고 거대한 게 안 보여?" 에투알은 세비가 불안해하는 것에 별로 주의를 기울이는 것 같지 않았지만(에투알은 내가 위험하지 않다는 걸 잘 아니까), 셰비가 어찌나 불안해 보였던지 어미까지 불안감을 다소 느끼게 되어 급기야 조금 신경질적이 됐어. 나는 셰비가 사람을 비롯해 멧돼지나 심지어 다람쥐 같은 다른 동물들에게 본능적인 두려움을 갖고 있다는 걸 알았어. 아무것도 그의 생각을 바꾸지 못할 터였어. 어미조차도. 내가 공격적이지 않다는 것을 깨닫는 데는 어쩌면 꽤 많은 시간이 걸릴 것 같았어.

잠시 후, 에투알 옆에 있으면서 더는 셰비에게 가까이 다가갈 생각조차 없었는데(내 시야에 셰비는 없었어), 셰비가 갑자기 총알처럼 내달리는 거였어. 반사적으로 에투알이 그의 뒤를 따라 달려갔어. 어떤 위협을 피해 달아났다고 생각했겠지. 나도 아무 생각 없이 에투알을 뒤따라갔어. 우리가 가까이 다가가자 셰비는 다시 전속력으로 내달리기 시작했어. 에투알이 다시 그를 따라갔고 나도 에투알을 따라갔어. 전혀 말이 안 되는 상황이었어. 위험한 것이라곤, 전혀, 아무것도 없었으니까! 사방이 고요하고 평화로웠어. 이 작은 놀이가 여러 번 거듭되자 에투알이 불안해했어. 우리가 달리면 달릴수록 셰비는 그만큼 더 스트레스를 받았고, 어미의 불안감도 커졌고, 우리 각자의 짜증은 더 심해졌어. 그래서 나는 긴장을 풀게 하려고 셰비가 내달려서 조금 멀어지도록 그냥 놔두었어. 그가 멈추더니 어미를 기다렸어. 그리고는 진정되었어. 나는 더 이상 밀어붙이지 않고 그들을 떠나게 내버려 두었어. 불필요하게 그를 지치게 하고 싶지 않았고, 나중에 나와 함께 살지 못하게 할 수 있는 정신적 방패를 만들고 싶지 않았기 때문이야. 나는 아주 어린 새끼노루들조차 처음 몇 주 동안만 어미를 신뢰하고, 점차 성장하면서 개인주의와 "자유 의지"가 커진다는 것을 알았어. 셰비는 단지 어미를 따라 하는 것에 만족하지 않고, 자신의 본능이 가리키는 대로 듣고 관찰하는 법을 배웠어. 어미가 나를 신뢰한다는 것을 보았지만 그때는 아직 그걸 이해하지 못했고 오히려 두렵게 했어. 그는 내가 그의 앞에서 택할 수 있었던 여러 자세를 아직 분석하지 못했어. 연장자들과는 달리, 그에겐 아직 비교대상으로 나 이외에 다른 등산객이나 산책자들, 사냥꾼이나 벌목꾼들에 대한 경험이 전혀 없었으니까. 그는 생존 본능에 휩싸였고 그 감정을 주체할 길 없어 달아났던 거야. 그래서 일단은 친구가 되는 걸 포기하기로 했어. 아직은 너무 "야생적"이었으니까. 시간이 지나면 아마 그도 나를 받아들일 테니까. 그의 아비와 어미가 이미 그랬듯이. 두고 보면 알겠지!

10

숲에 가을이 찾아오면 나뭇잎들은 연노란색부터 짙은 붉은색까지 수천 가지 빛깔로 물들어. 이 계절이 올 때마다 나는 아메리카 인디언인 휴론-웬다트 족의 오래된 전설을 떠올리곤 해. 그들은 성스러운 노루의 이름을 "데혜난테"라고 불렀는데, "무지개가 여러 색깔의 길을 열어준 노루"* 라는 뜻이야.

하늘의 수호자인 꼬마거북이 부러웠던 노루는 빅 아일랜드를 떠나고 싶었어. 무엇보다도 웅장한 푸른 하늘에 닿고 싶었어. 그 야망을 이루려고 천둥새를 찾아갔어. 천둥새는 무지개를 이용해 하늘로 올라가라고 조언했어. 노루는 봄이 오기를 기다렸고, 히논이 보낸 첫 비가 내린 뒤 무지개 길에 올랐어. 그리하여 그는 하늘에 올라가 마음

---

* Les Hurons-Wendats: 『잘 알려지지 않은 문명』(Une civilisation méconnue), Georges E. Sioui, Presses université Laval, 1994. 그리고『근대 휴론족의 종교적 개념』(Religious Conceptions of the Modern Hurons), The Mississippi Valley Historical Review, William E. Connelley, Oxford University Press pour le nom de Organization of American Historians, 1922.

껏 달릴 수 있게 되었어. 그때 동물평의회에 모인 동물들이 노루를 찾았어. 늑대는 숲을 수색했고, 매는 하늘을 살펴보았어. 그러자 동물들 모두 노루가 날렵하게 깡충깡충 뛰는 모습을 보았어. 동물들은 모든 빛깔의 다리를 이용해 하늘로 가기로 결정했어. 곰은 노루가 오로지 자기 생각만 하고 빅 아일랜드의 다른 동물들을 모두 잊었다고 비난했어. 노루가 모든 질책을 간단히 무시하며 곰에게 결투를 신청했어. 싸움은 곧바로 시작되었어. 번개처럼 빠른 노루가 날카로운 뿔로 곰을 찔렀어. 곰은 치명상을 입었고 상처에서 피가 철철 흘렀어. 피는 빅아일랜드까지 흘러내려 나뭇잎들이 동물의 핏빛을 띠었어. 그 뒤, 해마다 가을이 오면 자연은 노루와 곰의 싸움을 기념하여 나뭇잎들이 붉게 물들어.

인디언 전설에 따르면, 자연이 소멸하는 때인 가을의 아름다움은 사라진 영혼들이 지상의 옛 터전을 기억하는 향수의 원천이야. 신들조차도 빅 아일랜드에 거주하려고 돌아온다고 해. 가을이 영혼을 위한 시간이기 때문이지. 이 계절에는 가장 아름다운 별인 플레이아데스성단도 천상의 나라를 떠나 빅 아일랜드의 하늘에 산다고 해.

그 사이, 추분이 지나고 계절이 깊어지면서 밤이 길어지더니 동짓날이 됐어. 싸늘해진 아침에 나는 엊저녁에 피운 장작불에 구운 밤을 깨물어 먹었어. 간식처럼 먹고 싶을 때 먹을 수 있게 충분히 구워 놓았거든. 하지만 오래 놔두면 안 돼. 일주일 넘게 우리를 둘러싼 빌어 먹을 주변의 습도 때문에 썩을 위험이 있기 때문이야. 며칠 동안 먹을 요량으로 마지막 남은 밤들을 잉걸불 위에 놓고 말렸어. 그런 다음, 나중을 위해 밀폐 봉지에 보관했어.

겨울을 나려면 엄격함이 요구돼. 가장 중요한 일은, 언제든, 낮이든 밤이든, 숲 어느 곳에서든, 추위에 맞설 수 있는 해결책을 찾는 거야. 내가 아는 방법이 딱 하나 있어. 잔가지들, 가문비나무 가지, 나무껍질, 솔방울 등등 죽은 나무들을 숲 여기저기에 쌓아 놓는 거야. 먹이에 관해서는 이제 현지에서 구할 수 있는 것에 대해 잘 알게 되었어. 한겨울에도 생존할 수 있게 해주는 것들을 찾을 수 있어. 뿌리와 몇몇 덩이줄기, 야생당근이 그것들이야. 단백질 공급원으로는 개암나무 열매를 장만해뒀어.

아, 언젠가는 인간세계 없이 잘 지낼 수 있으리라는 희망을 품고 있지만, 슬프게도 아직은 인간세계와의 관계를 유지할 필요가 있다는 걸 인정해야 했어. 나는 이따금 우리 집에, 더 정확히는 부모님 집에 가서 칼로리와 온기를 꽉 채우곤 했어. 하지만 몇 달 전부터 콘크리트 바닥을 밟을 때 낯선 느낌이 들었어. 바닥은 딱딱하고 차갑고 아주 평평했어. 더 이상 그런 바닥에 익숙하지 않게 되었던 거야. 시리얼과 설탕이 많이 든 크림치즈를 한 그릇 먹었어. 카메라 배터리를 충전하는 동안 온갖 냄새가 코를 찔렀어. 냉장고 냄새, 표백제 냄새, 난방 냄새, 카펫 냄새, 깨끗하거나 더러운 옷 냄새, 그저 이 집에 사는 사람들의 냄새였어. 집을 나서기 전에 늘 그랬듯 가방 속에 파스타 몇 봉지, 참치 캔, 기름에 절인 정어리 캔을 집어넣었어. 그리고 생존을 위해 꼭 필요한 두 가지를 사려고 상점에 갔어. 식량 보관용 밀폐 봉지와 불을 피울 성냥이야.

나는 새벽에 해 뜨는 모습을 보며 산책하는 것을 즐겼어. 그런데 오늘 아침에는 해가 뜨지 않고 계곡 골짜기에 구름만 뭉게뭉게 피어오르고 있었어. 내가 있는 풀밭에서는 저 아래 마을 교회의 첨탑이 보일 듯 말 듯했어. 풀은 신선했고 방목하는 소들은 그 단조로운 맛을 즐기는 것처럼 보였어. 철조망 말뚝에 등을 기대어 앉아 있었는데, 철조망에 멋진 왕거미들이 친 거미줄에 이슬이 작은 진주처럼 알알이 맺혀있었어. 세상이 깨어나는 모습을 바라보고 있자니 기분이 참 좋았지. 조그만 토끼들이 서로 뒤쫓으며 놀다가 금세 어미한테 달려갔어. 서너 마리가 어미를 넘어뜨려 젖꼭지에 다가가 젖을 빨려고 애썼어. 어미는 젖을 더는 주고 싶어 하지 않아 보였어. 오소리 한 마리가 특유의 워워- 투덜대는 소리와 함께 숨을 헉헉대며 자갈투성이 길을 걸어 올라왔어. 그런 오소리의 모습을 보니까 안심이 됐어. 오소리는 워낙 천성적으로 퉁명스럽고 만족을 모르는 동물처럼 보이지만 무엇보다도 계곡 아래에 있는 자동차 길은 특히 녀석들에게 아주 위험해. 그래서 나는 언제나 녀석들이 짧은 소풍 길에서 무사히 돌아오기를 바라. 밤새 먹이를 잘 사냥했는데, 직장에 일하러 가느라 짜증난 자동차 운전자에게 치인다면 정말 안타까운 일이잖아. 방울새들이 오늘 아침에는 노래 부르는 대신 이제 곧 비가 내릴 거라며 종알댔어.

자욱한 안개. 가장 혹독하고 힘든 계절은 겨울이 아니다. 몸은 추위에 익숙해진다. 반면, 봄과 가을에 내리는 잦은 비는 옷에 각별히 신경을 쓰게 한다. 옷이 젖으면 물기를 짜낸 다음 툭툭 털어 공기가 통하도록 했는데, 그러면 섬유가 다시 부풀어 오르면서 "방수"가 되었다.

원래는 낭랑하게 지저귀는 새인데 오늘따라 왠지 몹시 구슬프게 들렸어. 그때 깨새들도 방울새를 따라 울었는데, 어찌나 울적하게 들리던지!

안개가 짙어지면서 숲 가장자리가 잘 보이지 않았지만 붉은여우 한 마리를 알아볼 수 있었어. 정확히 말해, 암 여우였어. 나는 녀석을 아주 잘 알아. 다게와 함께 여러 번 마주쳤거든. 녀석을 테릴이라고 이름 붙였는데, 멋진 암여우야. 가슴은 회색의 짧은 다리와 대조되는 눈부신 백색이야. 항상 몸과 일직선으로 나란히 뻗은 꼬리는 풍성하고 육감적이야. 참으로 근사한 암여우지. 숲 가장자리 울타리를 따라 걷던 녀석이 잠시 멈춰 섰는데, 마치 무슨 생각에 잠겨 있는 것처럼 보였어. 나는 꼼짝도 하지 않았어. 녀석이 나를 보지 않기를 바랐기 때문이야. 나는 녀석을 "자연스런 상태로" 바라보기를 좋아했어. 녀석은 사방의 냄새를 맡고 고개를 숙인 채 풀밭을 건너기 시작하더니 멈춰 서서 소들을 바라보았어. 소들은 몸집이 크지 않은 여우를 보고 두려워할 게 하나도 없었는데, 그건 송아지들도 마찬가지였어. 녀석이 첫 번째 소에게 다가가자 뒷다리로 살짝 한 대 걷어차려고 했어. 녀석이 다른 소에게로 향했어. 녀석의 짧은 놀이에 나는 호기심이 발동했어. 테릴은 끔뻑끔뻑 누워 졸면서 자신에게 별 관심 없어 보이는 암소에게 살금살금 다가갔어. 암소는 테릴을 쫓지 않았어. 녀석의 태도가 위협적이지 않아 보였던 거야. 녀석이 암소 앞에 앉더니 지켜보았어. 암소는 멍하게 암여우를 바라보더니 반쯤 감은 눈으로 되새김질을 계속했어. 테릴은 살짝 한 걸음, 그리고 또 한 걸음 다가갔다가 돌연 뒤로 물러났어. 그러다 다시 시작했어. 살짝 한 걸음, 또 한 걸음 나아가다가 다시 또 뒤로 풀쩍 물러났어. 녀석은 그 놀이를 여러 번 거듭했어. 그때마다 암소의 반응을 주의 깊게 관찰했어. 암소는 털끝 하나 움직이지 않았어. 마침내 테릴이 암소의 퉁퉁 부풀어 오른 젖에 다가가 거기서 배어 나오는 젖을 날름날름 핥았는데, 암소는 아무 반응이 없었어. 잠시 멈춘 테릴은 약간 두려워하는 기색으로 암소를 살폈는데, 암소는 여전히 아무 반응이 없었어.

나는 어안이 벙벙했어. 오래전부터 생각해냈어야 했던 것을 암여우가 몸소 보여주었던 거야. 우유를 마신다는 것을! 우유로 배를 채운 테릴은 안개 속으로 총총히 사라졌어. 나도 소 떼 속으로 살금살금 다가가서, 내가 다가가도 받아들일 만한 암소를 찾기로 했어. 내 코에 뒷발차기를 하지 않을 암소 말이야. 적당해 보이는 암소 한 마리를 찾았어. 나는 암소 앞에 쪼그리고 앉아 젖을 짜기 시작했어. 젖무덤은 퉁퉁 부어 있었고 젖을 흘려보내는 유관은 거대했어. 내가 그 암소의 버거운 짐을 좀 덜어줄 것 같았지. 우리 둘 다에게 좋은 일 아니겠어? 얼마나 행복했는지 몰라! 정말로 내 목구멍으로 미지근한 우유가 흘러드는 것을 느낄 수 있다니 얼마나 행복에 겨웠는지 몰라! 우유는 기름졌고 걸쭉했으며 고소한 자연의 맛이었어. 나는 젖소들과 함께 보낸 그 순간을 즐겼어.

숲에서 살 때, 물을 마시는 건 아주 즐거운 일이야. 식수를 다량으로 구할 수 없기 때문이지. 물을 찾는 게 아주 어렵지는 않아. 내가 아침저녁으로 먹는 식물은 이슬이 맺혀 있고 잎사귀들이 대부분 수분으로 이루어져 있기 때문이야. 어떤 면에서는 먹고 마시는 게 동시에 이루어져. 그래서 노루는 샘에 가지 않고도 하루에 최대 3리터까지 물을 마실 수 있어. 그러나 소비사회는 우리에게 유리잔이나 병으로 일정량의 액체를 마시는 것에 익숙해지게 했어. 그래서 그 양만큼 물을 마시지 못했다는 느낌이 들면 불쾌할 만큼 갈증을 느껴. 내가 물을 마시는 방법에는 두 가지가 있어. 첫째는 비가 내린 후 "마녀의 우물"에 고인 물을 양말로 걸러내서 마시는 방법이야. 마녀의 우물이란 나무가 자라면서 두세 개의 줄기로 갈라지면서 형성되는 작은 구멍으로 너도밤나무 숲에 많이 있어. 물을 걸러낸 다음 반합에 넣고 장작불로 끓이면 돼. 둘째 해결책은 내 영역에서 서쪽으로 2.5킬로미터를 가는 거야. 거기에 베올리아 기업(세계에서 가장 성공적이고 또한 가장 오래된 전문 물기업-옮긴이)이 물을 끌어오는, 사람이 잘 지키지 않는 급수처가 있어. "늑대의 계곡"이라 불리는 곳으로 주변 마을에 물을 공급하는데, 수질조사원이 이따금 마실 수 있는 물인지 확인하는 데 쓰이는 수도꼭지가 외부에 있어. 숲과 날씨 때문에 망가진 철조망 뒤에 있어서 "셀프서비스"를 할 수 있지. 난 그냥 철조망 밑으로 기어들어 가 물통 두 개에 시원한 물을 채우기만 하면 됐어. 그런데 오늘 드디어 갈증을 해소할 셋째 방법을 알게 된 거야. 그렇게 우유를 배불리 마신 뒤 다게를 찾아 나섰어. 운수 좋은 출발이 온종일 지속되기를 바라면서 말이야.

여기까지 읽은 분들은 그렇다면 위생 문제는 어떻게 해결하는지 꽤 궁금하겠지. 우선, 내게는 중요한 장점이 하나 있어. 나는 털이 거의 없어. 발과 겨드랑이, 사타구니를 주기적으로 닦으면 그것으로 충분해. 그런데 마실 물을 찾기도 어려운데 씻으려면 어떤 방책이 있을까? 숲 한가운데에 "4형제"라는 놀라운 나무가 있어. 40미터 높이의 웅장한 너도밤나무 네 그루야. 아마도 쓰러진 나무에서 뿌리를 내려 자란 것 같은데, 네쌍둥이같이 완벽하게 대칭으로 자라면서 중앙에 빗물을 훌륭하게 담을 수 있는 커다란 가마솥을 만들어냈어. 거기 담긴 빗물이면 충분히 몸단장을 하고도 남아. 내 꼴이 어떨지 궁금하다고? 처음 몇 달 동안은 벌레들이 나를 가만 놔두지 않았어. 온몸 구석구석을 물렸으니까. 하지만 시간이 지나면서 피부는 단단해지면서 두꺼워졌고, 추위에 대한 저항력이 커졌어. 그래서 지금 내 피부는 아무 문제가 없어. 구강 위생도 설탕을 먹지 않기 때문에 그 또한 문제없어. 물과 재를 섞어서 검지로 이를 훔쳐내면 그것으로 끝이야. 물과 재로 된 칵테일은 분명 슈퍼마켓에서 파는 치약 맛은 아니지만, 모험이 시작된 이래 내 식단의 맛 만족도에 비하면 조금도 불쾌하지 않아.

11

 길고 길어서 끝날 것 같지 않았던 어느 가을밤, 나는 여러 시간 동안 에투알과 함께 거닐었어. 그녀는 혼자였는데, 셰비를 너도밤나무 숲 어딘가 시푸앵트와 다게 곁에 두고 왔던 게 틀림없었어. 시푸앵트와 다게는 지난겨울을 보내면서 가까운 친구가 되었지. 나는 지난 사흘 동안 그 둘과 같이 보냈어. 아침은 서늘했고 짙은 안개가 덤불숲을 뒤덮었어. 바람 한 점 없어서 가을의 마지막 잎새들이 전혀 흔들리지 않았어. 아침의 정적을 깨는 소리도 들리지 않았어. 숲을 개발하면서 검은딸기나무들이 트랙터에 쓰려졌어. 우리는 진흙탕 속에서 그날 먹이를 찾아 헤맸어. 온 사방의 땅바닥이 미끄러워 몇 번이나 트랙터 바퀴자국에서 넘어질 뻔했어. 며칠 동안 비가 그치지 않기에 늪지는 흘러넘쳤고 땅은 흠뻑 젖었어. 발걸음을 내디딜 때마다 발이 푹푹 빠지는 바람에 앞으로 나아가기가 점점 더 힘들어졌어.

 우리는 약간 덜 습한 소나무 숲을 계속 거닐며 오후를 보냈어. 에투알은 버섯을 주워 먹었고, 나는 그녀가 남긴 버섯을 따서 반합 속에 넣었어. 오늘밤에는 장작불을 피워 버섯구이를 할 요량이었지. 흠뻑 젖어 추웠기 때문에 쐐기풀잎과 검은딸기나무잎을 넣어 끓인 수프에 버섯을 곁들이면 아주 좋은 따뜻한 식사가 될 참이었어. 장작불을 때야 옷도 말릴 수 있으니 필요한 일이기도 했지. 에투알은 가파른 작은 언덕길로 다가갔는데, 그 아래에는 소나무 숲과 참나무 숲을 가로지르는 숲길이 있었어. 나는 조금 뒤처졌는데, 우리가 갈 길을 알고 있었던 데다 무엇보다 그 길을 건너기 전에 그녀에게 꽤 오래 생각할 시간이 필요하다는 것을 알고 있었기 때문이야. 그만큼 그녀는 신중했으니까. 나는 버섯을 좀 더 따며 꾸물댔어.

한순간, 발밑에서 진동이 일어나는 듯한 이상한 느낌이 들었어. 그런 진동을 한 번도 느껴본 적이 없었기 때문에 그게 뭔지 알 수 없었어. 설마 노르망디에 지진이? 있을 수 없는 일이지! 그러다 갑자기 총성이 숲의 정적을 깼어. 나는 급히 에투알을 찾았어. 크게 당황한 그녀가 숲길이 내려다보이는 작은 계곡의 능선에 다시 올라가 상황을 분석하며 소리가 어디서 나는지 알아내려 했어. 내 발밑 땅은 더욱더 세게 흔들렸는데, 바로 그때 약 스무 마리의 수사슴과 암사슴이 극도로 혼란에 휩싸인 가운데 내 쪽으로 돌진하는 게 보였어. 내가 나무 뒤에 숨으려는 순간, 암사슴 한 마리가 나를 치고 지나갈 뻔했지만 가까스로 피해갔어. 공포에 얼이 빠진 듯한 사슴 무리는 결국 멀리 달아났어. 두 번째 총소리가 들렸고, 총알이 에투알을 스쳐 지나갔어. 일순간 정신이 아찔해진 에투알이 울부짖었어.

그녀가 다시 뛰기 시작했어. 내 옆을 달리며 울부짖으면서 다른 노루들에게 위험이 임박했다는 신호를 보냈어. "커어엉!… 커어엉!… 컹, 컹, 컹!" 그녀는 온 힘을 다해 달아났어. 나는 피가 거꾸로 솟는 듯했어. 반합을 내팽개치고 소나무 숲속으로 그녀를 쫓아갔어. 그녀를 따라가는 게 여간 힘든 게 아니었어. 나무들이 너무 빽빽하고 나뭇가지가 땅에 수북이 떨어져 있어서 그녀가 달리는 쪽을 쳐다보며 달려가기가 무척 힘들었기 때문이야. 몇 초나 지났을까, 마침내 그녀가 속도를 늦추었어. 그녀가 약간 비틀거리는 것을 보았어. 숨을 헐떡거리며 다가가 부상이 얼마나 심각한지 살펴보려고 했지만 어디를 다쳤는지 알 수 없었어. 멀리서 사냥용 나팔이 네 번 울리는 소리가 들렸어. 그건 "노루가 있다"는 신호였어. 사냥개들의 목에 걸린 방울에서 딸랑딸랑 날카로운 소리가 나면서 숲을 공포 분위기로 몰아넣었어. 사냥개들은 우리를 향해 달려왔어. 에투알은 다시 내딛더니 최선을 다해 풀쩍풀쩍 뛰어갔어. 수백 미터를 더 달려간 에투알은 개암나무들과 검은딸기나무들 사이에 야생 자두나무들이 뒤엉켜 자란 구역으로 피신했어. 거기는 거의 넘어갈 수 없는 요새 같은 곳이야. 나는 그 안으로 들어갈 수 없었지만 에투알을 볼 수는 있었어. 사냥개들이 들이닥치자 나는 똑바로 서서 공격적인 태도를 취했어. 그들은 멈추지 않고 가던 길을 갔어. 잠시 후, 사냥꾼들이 큰소리를 지르며 목줄을 맨 다른 개들을 데리고 다가왔어.

에투알이 달아난 오솔길 입구에 배낭을 내려놓았어. 내 냄새가 배어 있는 배낭이 몰이사냥개들의 후각을 교란시킬 수 있기를 바라서 였어. 나는 맞은편 덤불 속에 숨었어. 사냥개들은 그냥 지나갔어. 내 속임수가 통했던 거야. 나는 그들이 바로 되돌아오지는 않으리란 것을 알았어. 하지만 신중을 기하려고 우리는 한 시간 정도 더 숨어 있었는데, 그러는 동안 사냥꾼들이 완전히 멀어져 갔어. 친구에 대한 걱정이 이만저만 아니었지. 저녁이 다가오는 즉시 에투알을 보러 갔어. 가엾은 에투알…. 에투알은 내 앞 몇 미터 떨어진 곳에 누워 있었어. 가슴에 치명적인 상처를 입었어. 몸을 파르르 떨고 있었지만 나는 그 은신처까지 헤치고 들어갈 수 없었어. 나는 에투알에게 우리가 함께 나눈 즐거운 시간들을 상기시키면서 말을 걸었어.

"고마워, 우리 에투알. 네가 나에게 해준 모든 것들, 너의 지식, 너의 우정, 너의 존중, 너의 사랑, 다 고마워."

"…"

에투알을 안심시키려는 목소리로 말했지만 내 마음은 이루 말할 수 없이 괴로웠어. 다친 부위는 내가 어떻게 해볼 수 없을 만큼 위중하다는 것을 알았어. 에투알은 다정한 눈빛으로 나를 바라보더니 고개를 조금 들어 올렸어. 한 줌 햇살이 힘겹게 하늘을 가로지르고 있었고, 대기 속 향기는 에투알의 코에 닿지 않았어. 에투알 주위로 새 몇 마리가 향긋한 공기를 가르며 날았어. 눈물이 앞을 가렸어. 나는 일종의 증오심에 사로잡혔어. 그녀를 위해 내가 꿈꾸었던 모든 행복, 모든 기쁨을 이제 영영 함께하지 못하리라는 것을 깨달았기 때문이

지미. 지미는 거구의 친구였다. 몸무게가 거의 100킬로그램이나 나갔다. 함께 사냥몰이에 갇혀 있게 되면서 우리는 서로 마음이 통했다. 반려자였던 고베트는 총알에 맞아 앞발이 떨어져 나갔고 새끼들은 거의 다 죽었다. 그 뒤부터 지미는 사냥꾼들만 보면 주저하지 않고 덤벼들었다.

었어. 그녀의 몸에서 조금씩 생명이 꺼져갔어. 나를 바라보며 옅은 신음소리를 냈어. 흐느끼는 소리 같았는데, 그러더니 땅에 머리를 누였어. 저녁이 밀려오는 가운데 에투알은 힘겹게 숨을 쉬었어. 정적에 휩싸인 흐린 날에 에투알은 눈을 깜빡깜빡 감기 시작했어. 얼음장같이 차고 습한 가을 땅 위에 내 친구가 누워 있었어.

"오, 에투알, 나를 용서해 줘. 난 널 지키지 못했어. 난 강하지 못했어. 날 용서해 줘."

"…"

"셰비를 돌봐주겠다고 약속할게. 녀석은 이제 겨우 5개월이야. 강하게 커서 자기 영역을 가질 수 있도록 내가 돌봐줄게. 훌륭한 영역을 갖게 될 거야. 약속할게, 친구야. 약속할게."

그녀의 슬픔에 그녀를 둘러싼 모든 것들이 똑같이 슬퍼하는 것만 같았어. 풀 이파리 하나도 흔들리지 않았고, 피어오르는 안개 속에 빛조차 보이지 않았으며, 찬 공기를 통과하는 향기도 없었어. 오직 깊은 슬픔만 숲을 짓누르고 있었어. 그녀는 지쳤고, 고통스러워했어. 그녀 주위엔 비통함이 독 내음처럼 퍼졌어. 낮은 하늘에 구름이 계속 몰려들었고, 11월의 푸르스름한 하늘에 붉은빛이 돌았어. 내 친구가 눈을 감았어… 해가 막 졌어. 우리 에투알은 스러졌지만 내 마음속에서 영원히 빛날 거야. 빅 아일랜드의 높은 천공에서도 그렇게 되기를 바라. 그녀는 여름날의 폭염, 긴 겨울밤의 어둠, 그리고 그녀가 맞닥뜨려야 했던 모든 것에 힘과 용기로 맞서며 살았어. 숲속을 걷는 이들이

여, 어느 날 노루와 시선이 마주쳤던 이들이여, 에투알의 삶에 대해, 즐겁게 시작한 가을의 어느 날 저주받을 총알이 산산이 부숴버린 그녀의 삶에 대해 조금이라도 생각하기를. 야생의 삶이라는 게 이런 거야. 아름다운 동시에 잔인한 숲속에서, 내가 그토록 사랑하는 이 자연에서 이런 일들이 일어나. 숲이 목격자가 되면서 말이야. 나무들이 울 수만 있다면 우리 숲에는 눈물이 강물이 되어 흐를 거야.

나는 생을 마친 친구의 육신 앞에 오랫동안 머물러 있었어. 덤불에서 가엾은 에투알을 꺼내야 했어. 사냥꾼들이 에투알을 찾으러 오리라는 걸 알고 있었거든. 그들은 에투알이 총에 맞았다는 걸 알았으니까. "피 탐색견"이라고 부르는 개들을 풀어 시체를 찾을 때까지 추적할 거야. 나는 친구를 품에 안고 사냥몰이가 있던 곳에서 아주 멀리 떨어진 곳, 아무도 찾을 수 없는 곳에다 묻기로 했어. 20킬로그램의 몸무게는 안고 가기에 꽤 무거워서 상당히 애를 먹었어. 힘이 점점 빠졌지만, 내 친구를 냉동실에 들어간 다음 인간의 식탁에 올라가게 하고 싶지 않았어. 그런 처우를 받게 해서는 안 되었지. 이름이 "별"이었잖아. 책임져야 한다는 일념으로 다시 안간힘을 썼어. 그곳에 도착해서 항상 갖고 다니는 호신용 칼로 땅을 파기 시작했어. 손으로 흙을 치우며 팠는데 땅은 아주 단단했어. 흰 암석과 회색 돌로 된 지층이라 구덩이를 깊이 팔 수 없었어. 에투알을 야트막한 구덩이에 넣고는 시신을 위장하려고 리넨 끈으로 전나무 가지를 두 묶음 만들었어. 그런 다음 두 묶음을 구덩이 위에 서로 겹쳐 놓았는데 이는 일종의 작은 지붕으로, 이목을 끌지 않을 무덤이 될 터였어. 그 위에 흙, 이끼, 고사리를 꼼꼼히 덮었어. 며칠 동안 시신이 부패하는 냄새를 맡은 떠돌이 개가 찾아오지 않기를 바라면서.

비가 내리고 있어 흠뻑 젖어 온몸이 오들오들 떨렸지만 시푸앵트와 다게, 그리고 이제는 어미 없는 고아가 된 불쌍한 셰비와 함께 있고 싶었어. 밤새도록 찾아 헤매다가 이른 아침에 마침내 찾았어. 그들도 사냥몰이 때 달아났었는데 모두 살아있는 것을 보니 기뻤어. 그들은 무사했어. 다게와 셰비는 누워 있었어. 서 있던 시푸앵트가 고개를 들어 올렸어. 내 감정이 비쳐보였기 때문인지 아니면 옷에 묻은 에투알의 피 냄새 때문인지 알 수 없었는데, 내게 다가와서는 겁먹은 표정으로 덜덜 떨며 몇 초 동안 냄새를 맡더니 울부짖으며 내달렸어. 나는 감정이 복받쳐 울음이 터져 나왔어. 친구를 잃어버린 게 아닌가 싶어 두려웠어. 혹시나 내가 자기 짝을 죽였다고 생각하는 걸까? 그는 자기 짝을 찾으러 간 게 분명했어. 하지만 나는 그가 그녀를 찾을 수 없으리라는 것을 알고 있었어. 에투알은 더 이상 세상에 없으니까. 다게와 셰비는 나를 보고도, 내가 풍기기 시작했을 게 틀림없는 악취에도 불구하고 불쾌해하지 않는 것 같았어. 계속 비가 내리고 있어서 옷에 묻은 피는 마르지 않았고, 갈아입을 옷이 들어 있는 배낭은 1킬로미터 이상 떨어진 곳에 숨겨져 있었어. 거기로 가고 싶었지만 다게와 셰비를 홀로 두고 싶지 않았어. 이성은 배낭을 찾으러 가야 한다고 했지만 그런 결정을 내릴 순 없었어.

몇 시간 후, 시푸앵트가 돌아왔어. 내게 다가와 한참 동안 나를 쳐다보고 내 주위를 맴돌면서 옷 냄새를 맡더니 피 묻은 바지를 핥았어. 그제서야 나는 그가 이해했다는 것을 깨달을 수 있었어. 나로선 알 수 없는 일이었지만, 그가 취한 모든 태도는 알고 있다는 것을 이제 내게 보여주려는 것 같았어. 그러자 슬픔은 기쁜 감정과 뒤섞였어. 그는 나를 원망하지 않았고 우리의 우정은 손상되지 않았어. 우리는 아침 시간을 내가 부지불식간에 무리에게 전달했을 게 틀림없는 슬픔과 우울 속에서 보냈어. 나는 그래도 배낭을 가져와야겠다고 작정했어. 더러운 옷을 계속 입는 것은 어리석은 짓이고, 옷을 갈아입는다고 변하는 건 없으니까. 그치지 않고 조금씩 내리는 빗물로 옷을 빨았어. 깨끗하고 마른 옷으로 갈아입은 다음 깡통에 든 음식을 먹을 겸 무엇보다 오래 입은 옷을 말리기 위해 불을 피웠어.

통조림 음식을 데워 먹는 게 그렇게 즐거울 줄은 상상도 하지 못했었지. 오랫동안 식사를 하지 않고 배가 몹시 고프면 맛에 대한 감각이 아주 놀랍도록 변해. 모든 맛이 강해져서 소금, 설탕, 후추 등 모든 맛이 입안에서 불꽃처럼 타올라. 시푸앵트와 셰비가 나와 합류했어. 그들은 아직 연기가 모락모락 나는 장작불에 남아 있는 검게 탄 숯을 허겁지겁 먹어 치웠어. 중요한 탄소를 섭취하는 것으로 자연에는 워낙 드문 것이라 그들도 나만큼 만족스러워했어. 식욕이 왕성한 시푸앵트가 깡통 위로 고개를 숙였지만 소스만 조금 핥을 수 있을 뿐이었어.

우리 셋은 그날 남은 하루를 같이 보냈어. 시푸앵트는 끊임없이 짝의 시체를 찾는 듯했고, 셰비는 짧은 비명소리 비슷하게 나지막이 흐느끼는 소리를 내서 매번 내 가슴을 미어지게 했어. 나로선 도대체 이해가 안 되는 것이었는데, 시푸앵트가 기어이 에투알의 흔적을 찾아냈어. 그는 사냥이 있던 그 전날 우리가 갔던 길을 따라갔다가 에투알의 흔적을 찾았고 내가 만들어놓은 무덤을 발견했어. 그가 어미의 냄새를 알아낸 셰비와 함께 무덤 주변을 맴돌았어. 셰비가 조그만 소리로 속삭였어. 어미가 응답하기를 바랐던 거야. 그 모습을 보고 있자니 가슴이 미어졌어. 에투알을 보호하지 못했다는 죄책감이 나를 짓눌렀어. 몇 시간 후, 우리는 돌아보지 않고 그 자리를 떠났어. 우리들 역사의 한 페이지가 넘어갔다는 느낌이 들었지만 나는 그 현실을 받아들일 수 없었어. 그 이후, 시푸앵트는 특유의 생명력으로 나에게 안타까워만 해서는 안 된다는 걸 가르쳐 주었어. 우리는 우리가 아는 사람들의 죽음을 애석해하는 게 전부가 아니라 그들에 대해 가장 좋았던 점들을 기억해야 해. 자연에는 하루에도 수많은 죽음이 있어. 그 모든 시련에 얽매인다면 온통 울면서 시간을 보내야 할 거야. 삶은 계속돼. 그때부터 시푸앵트는 셰비를 자신의 보호 아래 두었어. 꼬마는 겨울과 봄을 아비와 함께 보낼 거야. 아비는 끔찍한 일이 있기 전보다 훨씬 더 많은 시간을 꼬마와 함께 보내겠지.

12

친구 에투알을 잃는 끔찍한 일을 당한 뒤, 나는 삶이 이런 식으로 흘러간다는 생각을 순순히 받아들일 수 없었어. 생의 전망에 대해 오랫동안 곰곰이 생각했음에도 지상의 현실은 내게 가장 소중한 존재의 상실을 받아들이도록 강요했고, 내 가슴은 불길한 감정들로 굳어졌어. 아무것도 하지 말고 그냥 친구들의 죽음을 받아들이라고? 영혼 깊은 곳에서 분노가 치솟았어. 겨울철 동안 정기적으로 내 친구들과 나는 사냥몰이를 당했는데, 어느 순간이 되자 내가 친구들과 똑같은 느낌, 똑같은 두려움을 갖고 있다는 것을 알게 되었어. 11월 중순부터는 숲으로 난 길에 소형 화물차가 나타날까 봐 끝없는 두려움 속에서 살았어. 예상치 못한 시간에 숲의 울타리가 삐걱거리는 소리를 내면서 아침 정적을 깨면 곧바로 생존 본능이 깨어났어. 저 멀리서 들려오는 사람들의 괴성이나 개들이 짖어대는 소리는 즉각적으로 다모클레스의 검(위험이 언제 닥칠지 모른다는 경고의 의미로 흔히 쓰인다-옮긴이)을 떠올리게 했어. 나는 가을이 시작된 이래 매일 다시는 비극이 우리에게 닥치지 않기를 빌었어. 두려움이 위험을 피할 수 있는 것은 아니라고 되뇌었지만 감정이 너무 격해져서 사냥 기간이 끝나는 초봄까지 나를 짓누르는 그 무게를 떨쳐버릴 수 없었어. 노루들의 삶 한복판에서 그들과 함께 살면서 나는 유식한 사냥꾼들이 신조어로 쓴다는 "통제된 사냥 관리제도"라는 말에도 불구하고 내 친구들이 오해를 받고 있으며 매우 열악한 처우를 받고 있다는 것을 확인했어. 나무처럼 숫자를 센 다음에(100헥타르당 20두가 넘어가면 총으로 쏴야 한다는 식으로) 개체수를 조절한답시고 사냥하고, 경작지에 줄 수 있는 "피해" 가능성을 줄인다며 숲 가장자리를 두르는 울타리로 경계를 친 숲속에 가두었는데, 급기야 지금 그들은 자신들의 생활권을 가로지르는 수많은 도로에서 "사고 요인"이 되어버렸어. 사람이 원하는 대로 그들을 대하는 이런 방식은 지극히 단순한 데다 비현실적이며, 감히 덧붙이자면, 비인간적이야. 노루들은 바닷가나 산에 살든, 골짜기나 광활한 평야에 살든, 작은 숲이나 정원, 과수원, 밭 등 여러 작은 서식지를 정복하게 되는데, 이 모든 것은 우리 문명 덕분이 아니라 우리 문명이 강제한 탓이야.

　　노루는 이례적 특성을 지닌 지극히 영민한 동물로 거의 모든 것에 적응해. 그 증거로 인간들 가까이 사는 능력을 개발했다는 점을 들 수 있어. 노루와 비슷한 생활조건에 처한 다른 야생동물들이 희소해지거나 사라지기도 했던 것과 대비되는 점이야. 개별성과 군집성을 동시에 갖는 사회적 삶의 방식의 특성과 자신을 둘러싼 환경을 이롭게 하면서 자기 영역을 최적화하는 재능들, 사슴과(科) 중 유일한 번식 방식 덕에 서식지의 시간적, 공간적 변화에 맞춰 진화해온 개체수, 이 모든 것들이 노루로 하여금 실로 놀라운 생태적 적응력을 갖게 했어. 그런데 노루의 개체수를 통제하겠다는 우리의 의지는 급속한 도시화와 결합되어 노루에게 끝없는 두려움의 삶을 강요하고 있어. 눈에 띄는 위험, 도로를 건너는 위험, 먹이를 찾지 못하고 은신처를 구하지 못하는 위험, 그리고 두말할 것도 없이 죽음의 위험 속에서 살고 있어. 생존을 불안케 하는 이 환경은 그들로 하여금 모든 위험과 그로부터 얻을 수 있는 이점 사이에서 타협하도록 강요했어. 오늘날 우리의 경제 발전, 우리의 인구, 그리고 사냥과 산림 개발은 내 친구들의 행동을 근본적으로 변화시키며 공포의 풍경 속에서 살게 하고 했어.

사냥몰이를 몇 차례 당한 뒤, 우리는 며칠 동안 다른 곳으로 옮겨 피신했고 한밤중에만 생활 구역으로 돌아왔어. 노루들은 사냥 기간 내내 불안해했고 겁을 냈고 무척 힘들어했어. 다게나 시푸앵트처럼 경험 많은 노루들은 위험한지 아닌지를 알아내려고 숲길을 따라 인간의 행동을 관찰하기 시작했어. 실제로 운동하러 온 사람과 등산객의 통행이 규칙적인지 아닌지는 위험한지 아닌지를 알게 해주는 지표가 돼. 그들은 사냥이 있는 날에는 숲에 들어가지 않아. 그러니까 그 사람들이 보이지 않으면 사냥꾼이 나타날 수 있다는 믿을 만한 징표가 되는 거야. 어떤 면에서 보면 오늘날의 사냥은 노루의 행동을 부자연스럽게 만들었어. 내 친구들은 겨울철에는 덜 움직여. 생활권 곳곳을 빈틈없이 숙지하고 사냥몰이 동안 피신하기에 좋은 덤불 속에 은신처를 만들어 놓지. 야생동물의 개체수를 통제한다는 것은 불가능한 일이야. 왜냐하면 "우리는 자연에 복종함으로써만 자연을 지배하기 때문이야!" 이를 위해서는 노루를 자연 자체로 보고 이 경이로운 동물로 하여금 스스로를 관리하는 당사자가 되도록 해야 해.

"노루 발견" 사냥은 마치 방향을 알 수 없는 회오리바람 같아. 어디로 지나갈지, 어떤 손상을 초래할지 알 수 없고, 효과적으로 예방할 수 있는 경고시스템도 없어. 이런 이유로 나는 친구들에게 사냥몰이가 펼쳐지기 전에 미리 그것을 알아내고 피하는 방법을 가르치기로 작심했어! 그 가르침을 시작하기 위해 영민하고 경험도 풍부한 시푸앵트를 선택했어. 그는 짝인 에투알을 잃은 것을 비롯하여 나와 함께 드라마 같은 일을 여러 번 겪었으니까.

노루의 삶에는 무리를 인도하는 주인공이 되는 날이 있어. 겨울이 되면 노루는 무리를 형성하는데 우두머리가 지정되지는 않아. 그럼에도 각 개체의 특성에 따라 일반적인 방향이 설정돼. 그래서 일종의 합의의 형태라고 할까, 한 개체가 "향도"가 되기도 해. 필요한 지식과 경험을 가진 일종의 길잡이라고 할 수 있지. 그 지식에 대해선 이러쿵저러쿵 여러 말이 나올 수 없어. 왜냐하면 무리에 속한 모든 노루에게 그 지식이 돌아갈 것이기 때문이지. 그 책임을 물려받은 개체는 대개 무리를 보호하기에 가장 경험이 많고 무리의 배를 채우는 일에도 가장 뛰어난데, 먹이를 구할 수 있는 가장 좋은 지역을 알고 있기 때문이야.

무리를 구성하는 노루들에게는 모두 상호의존적이라는 공통점이 있어. 그들은 모두 아주 자율적인 동시에 서로에게 의존적이면서 각자는 개별적인 방식으로 자기 역할을 수행해. 그렇게 삶은 더 본능적으로 되고, 자연과 직접적으로 관계를 맺어. 정보 교환은 한 노루가 다른 노루에게 알려주는 식으로 이루어지는데, 가장 중요한 관심사는 살아남는 것과 적절한 안정을 도모하는 일이야. 그들에게는 열등한 개체도 없고 노예 개체도 없어. 저마다 전일적인 주체로서 선택하는 삶을 영위하는데, 이러한 개별 선택의 총합으로 무리의 단결이 이뤄져.

시푸앵트와 라플레슈, 그리고 이제 막 사귀기 시작한 젊은 수노루인 블루르(벨벳을 뜻함-옮긴이)와 함께 시간을 보내고 있을 때, 승합차 넉 대가 우리 앞, 언덕을 깎아 만든 도로 위를 천천히 지나갔어.

이렇게 이른 시간인데 단순히 나무를 베는 작업과 관련된 일일 수 없었어. 사냥몰이가 준비되고 있었던 거야. 그날은 내가 길잡이였는데 오히려 잘된 일이었어. 나의 세 동무는 덤불 속에서 되새김질하며 쉬고 있었어. 그들을 모두 소나무 숲으로 데려가기로 했어. 내가 조그맣게 속삭여도 알아들을 수 있고 또 내 몸에서 나는 냄새가 바람에 퍼지지 않도록 하는 데는 소나무 숲이 적격이었거든. 나는 경험을 통해 노루가 우리의 기분, 특히 우리의 기분이 풍기는 냄새에 민감

라 크뤼트 길에 있는 세비와 푸제르. 길을 건너는 일은 언제나 곤혹스럽다. 포식자의 눈에 띄지 않아야 하고, 포식자 쪽으로 바람이 불면 안 된다. 소리와 냄새는 숲의 일반적인 분위기를 느끼는 데 도움을 준다. 하지만 주의해야 할 점이 평온한 숲이 위험이 없는 숲은 아니라는 것이다.

하다는 것을 알고 있었어. 실제로 우리가 공격적이거나 스트레스를 받을 때 우리의 체취는 양파처럼 다소 신맛을 내는 반면, 행복하거나 평온한 기분은 맛있는 과자처럼 은은하게 달콤한 향기를 풍겨. 태도 또한 중요한 역할을 해. 가령 내가 땅바닥을 조금씩 긁으며 빙빙 돌면서 숨을 헐떡거리고 사방의 지평선을 바라보는 행위는, 땅바닥에 다리를 내려놓고 하품을 하거나 잎사귀들을 따 먹는 행위에 비해 명백히 불안을 나타내는 거야. 이러한 모든 것들을 감지하는 법을 새끼 노루들은 어릴 때부터 어미나 연장자한테서 배워. 내가 해야 할 일은 그들에게 해야 할 말을 그들이 이해하도록 하는 것이었어!

사냥몰이가 시작되기까지 시간이 많이 남아 있지 않았어. 사냥꾼들이 사냥터 꼭대기에 주차한 차 안에 여러 장비를 남겨두었는데 아무도 지키고 있지 않다는 것을 확인했어. 그곳은 예전에 기마 수렵하러 왔던 사람들이 집결했던 장소였어. 사람들이 사냥몰이 경로를 따라 일정한 간격으로 배치되는 동안, 나는 승합차 근처로 시푸앵트를 데려가 화약 냄새와 지난번 사냥 때 희생된 다른 동물의 "죽음"의 냄새를 맡게 했어. 그리 가는 도중에 라플레슈와 블루르가 사라졌는데, 잔뜩 겁을 집어먹고 자리를 피했을 거라고 이해했어. 나는 시푸앵트에게 사륜구동 백미러에 걸쳐 있는 테프론(먼지가 붙지 않는 특수섬유의 상표 이름-옮긴이) 섬유로 만든 외투 냄새를 맡게 하여 나의 걱정, 나의 두려움을 이해하도록 했어. 스트레스 때문에 뿜어내는 땀 냄새가 그에게 위험을 인식시키는 데 충분할 거라고 여겨 그 냄새를 사냥과 연결하기를 바랐어. 그 뒤 망루 근처를 지나가게 되었는데, 나는 망루 위에 오르내리기를 여러 차례 반복하면서 규칙적으로 조그맣게 외쳤어. 마치 어린아이가 불안할 때 "엄마"라고 계속 외치듯이 말이야. 인간이 그의 머리 위에 있다는 것을 불안하다는 것과 동일시하기를 바랐어. 실상, 노루는 걸을 때 냄새가 코에 닿지 않으면 위를 쳐다봐야 한다는 생각을 하지 않아서 사냥당하고 있다는 사실조차 모른 채 쓰러져. 나는 이제 막 우리가 따라 걸어온 길에서 약 20미터 안쪽으로 돌아왔어. 시푸앵트에게 시든 고사리 사이로 총을 든 남자들이 숲 가장자리에 작은 접이식 의자에 앉아있는 모습을 보여주었어. 시푸앵트는 내 곁에 딱 달라붙어 있었어. 내 어깨에 그의 심장이 쿵쿵 뛰고 있는 게 느껴졌어. 그가 나를 관찰하고 내 냄새를 맡으며 우리 눈앞에 펼쳐지고 있는 이상한 준비 태세를 불안하게 지켜보았어. 엉덩이 털이 곤두서 있었는데, 그건 위험을 인식하고 있다는 표시였어.

15분 후 사냥몰이가 시작되었고, 우리는 여전히 사냥꾼들 앞에 자리 잡고 있었어. 초목이 무척 높이 자라서 우리에겐 남의 눈에 띄지 않고 볼 수 있는 장점이 있었어. 멧돼지 한 마리가 우리에게서 30미터 떨어진 오른쪽에서 갑자기 튀어나왔어. 녀석은 작은 골짜기를 내려갔어. 첫 번째 총성이 들린 다음, 두 번째 총성이 들렸어. 나는 위험 신호를 흉내내면서 약하게 짖었어. 우리는 재빨리 검은딸기나무들을 가로질러 은신처로 돌아갔어. 사냥꾼들이 외치는 소리가 우리의 맥박수를 더 솟구치게 했어. 시푸앵트가 내게서 멀어지려고 했어.

달아나고 싶었던 거야. 나는 그를 향해 두 번 짖었어. 그건 암노루들이 "무리지어 함께 있자"고 할 때 내는 소리였어. 그가 얼른 멈추더니 내 뜻을 따르기로 했어. 마침내 사냥몰이에 대처하는 내 계획의 핵심을 드러낼 수 있게 되었던 거야. 나는 원칙상 사냥꾼들이 들어갈 권리가 없는 숲 구역으로 달려갔어. 그가 나를 따르자 나는 기쁨으로 가득 찼어. 그곳에서는 두려움에 떨지 않아도 되었어. 나는 내 냄새를 통해 내 기분이 훨씬 좋아졌고 안심이 된다는 것을 보여주었어. 앉아서 긴장을 풀었지. 우리는 사냥몰이가 지나갈 때까지 그곳 은신처에 머물렀어. 시푸앵트가 내게 보여준 신뢰에 깜짝 놀랐어. 그가 자기 본능에는 거의 귀 기울이지 않고 내가 제안한 것을 모두 믿기로 했던 거야. 그와 같은 친구를 가졌으니 나는 얼마나 운이 좋은지 몰라. 몇 시간 후, 우리는 멀리서 사냥꾼들이 물러가는 소리를 들었어. 사냥 나팔 소리가 멈추자 우리는 평온한 오후를 보냈어. 밤이 되면서 무리를 이끄는 길잡이로서의 나의 하루가 끝났고, 시푸앵트는 무리를 찾아 떠났어. 우리는 친구들이 아직 살아있기를 바라며 "생존자들"을 찾아다녔어. 그날 노루 두 마리가 멧돼지 여덟 마리, 암사슴 다섯 마리와 함께 죽었어. 그 죽음들이 나를 깊은 슬픔에 빠지게 했어. 시푸앵트가 내 메시지를 이해하여 다음번에는 내가 가르친 생존 계획도를 재현할 수 있기를 바랄 수밖에.

몇 주 후, 기습적인 사냥몰이 중에 시푸앵트가 아주 잘 이해했다는 것을 알게 되어 무척 기뻤어. 그는 승합차들이 오는 소리를 들었고, 개들이 짖어대는 불길한 분위기와 화약 냄새를 비롯해 그날 하루를 몹시 슬프게 만드는 그 모든 것들의 냄새를 맡았어. 놀랍게도, 내가 가르쳐준 자연보호구역인 나투라2000 구역으로 셰비, 라플레슈, 다게와 다른 노루들을 이끌고 가는 것을 보았어. 시푸앵트가 똑똑하고 용감한 노루라는 것은 익히 알고 있었지만, 자신의 지식을 다른 노루들에게 전해줄 능력까지 있으리라곤 상상하지 못했어. 그날 사냥꾼들은 노루 쪽에는 완전히 허탕을 쳤는데, 나는 그게 얼마나 뿌듯했는지 몰라.

13

그해 겨울, 숲 바깥으로 나간 것은 세 번뿐이었어. 우선 문명세계에 다녀오는 게 별로 도움이 되지 않았기 때문이야. 크림치즈 한 그릇과 뮤즐리(귀리 따위의 곡물과 과일을 거칠게 빻아 혼합해 놓은 음식물-옮긴이) 한 줌을 위해 5킬로미터를 걷는다는 건 이치에 맞지 않았어. 생존의 기회를 극대화하고자 할 때 에너지를 낭비하는 사치를 부려선 안 되거든. 몇 시간 동안 따숩게 보낸다는 생각이 늘 솔깃하긴 했지만 말이야. 그리고 모험을 처음 시작했을 때에 비해 식량을 자주 보급할 필요가 없어졌어. 죽은 나무와 말린 열매를 저장하여 관리할 줄 알게 되면서 결핍에 대한 불안을 조금도 느끼지 않게 되었거든. 이제는 추위가 시작된 뒤부터 석 달 동안의 기근에 적응하기 위해 신진대사도 늦추었어. 덜 움직이고 덜 먹었기 때문에 비축해놓은 가공식품들이 거의 쓸모가 없어졌어. 게다가 추위와 습기가 혹독하게 몰아치면서 충전식 배터리에 문제가 생겨 카메라를 쓸 수 없게 되었어. 어쩔 수 없이 사진작가로서의 활동도 포기했어. 결국 나에게 숲과 인간세계 사이를 오가도록 내몬 유일한 이유는 성냥의 공급이었어. 얼어 죽을 위험 때문에 불을 피우지 않고는 겨울을 날 수 없으니까.

　다행히도 봄이 왔어! 자연이 깨어나고 숲에 사는 모든 생명체들이 기쁨에 사로잡혔어. 수액이 흐르기 시작하고 새싹이 나면서 보이지 않는 존재가 우리 안으로 스며들었어. 모두가 소생을 행복해했어. 새들은 서로 저마다 노래를 불렀고, 숲의 소리는 다양하게 울려 퍼졌어. 우리는 다른 종의 동물과도 마주쳤어. 마치 모든 자연이 서로에게 "안녕"이라고 말하는 것 같았어. 나는 다게가 잠자곤 하는 숲 한복판을 산책했어. 그 틈을 타 자작나무 몇 그루에서 수액을 모았어. 송곳을 이용하여 땅바닥에서 20센티미터 높이의 줄기 부분에 1센티미터 깊이로 작은 구멍을 냈어. 그리고 구멍에서 나온 수액이 그 아래 끈으로 묶어놓은 물통 속으로 흘러 들어갈 수 있게 작은 빨대를 꽂아놓았어. 자작나무가 크고 너그러우면 하룻밤 만에 1리터가 넘는 양을 채울 수 있어. 이 수액 음료는 다량의 정제 설탕이 들어 있는 슈퍼마켓 식료품을 먹는 습관을 잃어버린 사람들에게는 아주 달달하고 맛있어. 지난겨울 동안 나에게 많이 부족했던 필수 미네랄을 제공해줄 거야. 하루에 1리터를 마시면 그날 필요한 컨디션과 활력을 놀라울 만큼 회복시켜줘. 소나무 기둥줄기에서 흘러내리는 수액을 즐겨 핥기도 해. 그것은 당분을 좀 더 공급해주는데, 자작나무 수액과 섞으면 봄의 신선함이랄까, 아주 놀라운 맛을 내. 그런데 수액은 얼른 채취해야 해. 나무 꼭대기에 첫 잎이 돋아나자마자 수액이 흐르지 않기 때문이야.

아침 여정을 이어가다가 드디어 다게와 마주쳤어. 그는 자못 당황
해하는 모습을 보였는데, 이제 한 살 된 셰비가 처음으로 영역 표시
를 하게 됐는데 게임의 규칙을 이해하지 못한 것으로 보였기 때문이
었어. 셰비가 태어난 직후에, 다게의 여동생으로 태어난 푸제르가 지
난 몇 주 동안 다게의 영역에서 거닐고 있었어. 그 영역은 다름 아닌
그들의 어미가 자신의 영역에 부속시킨 곳이었어. 그러니까 푸제르는
오빠 다게의 보호 아래 있었던 셈이지. 그런데 셰비가 그만 어린 아가
씨와 한눈에 보기에도 사랑에 빠져 자꾸만 불쌍한 다게의 영역을 침
범했던 것이었어. 여러 차례 내쫓았지만 사랑에 홀딱 빠진 셰비는 그
래도 매번 돌아오곤 했어. 뿐만 아니라, 푸제르가 이따금 셰비를 자기
영역, 즉 다게의 영역으로 끌어들였어. 모든 게 복잡해 보였고 셰비와
푸제르 사이의 애정 전망은 위태로워 보였어. 다게의 너그러운 마음
은 차치하고서라도, 자기 영역에서 셰비를 쫓아내기 어렵다는 걸 확
인한 다게는 결국 여동생에게 구애하도록 놔두었을 뿐만 아니라 잠
재적 경쟁자들로부터도 그를 보호했어.

이런 일상적 삶의 정경을 바라보고 있을 때, 셰비가 나에 대한 호
기심이 발동했는지 천천히 다가와 내 냄새를 맡더니 내 주위를 빙빙
돌았어. 나도 계속 셰비를 보려고 고개도 까딱하지 않고 몸을 빙빙
돌렸어. 얼마 전부터 그는 내가 뒤에서 걸어가는 것을 받아들이긴 했
지만 20미터쯤 거리를 두어야만 했어. 이제 한 단계 진전시킬 때가 된

게 아닐까 하는 생각이 들었어. 어쩌면 그가 준비가 되었다는 표시가 아닐까. 45분가량 시간이 흘러간 뒤, 셰비는 내 주위에 깔린 야생화를 먹기 시작했어. 크고 반짝이는 검은 눈동자로 오랫동안 나를 빤히 쳐다보았어. 노루는 동작을 포착할 때 사촌인 사슴보다는 시력을 덜 사용하는데, 그럼에도 약간 불룩한 눈과 길고 유연한 목 덕분에 주변의 전경을 탁월하게 볼 수 있어. 눈의 구조는 거의 간상세포로 되어 있어서 흑백 이미지를 뇌로 보내. 그리고 드물게 추상세포도 분산돼 있는데 이는 색채를 알아보는 기능을 해. 셰비가 색상 자체보다 회색에 가까운 음영을 더 잘 보는 까닭이야. 이러한 해부학적 특성 덕분에 황혼 무렵에 시력이 더 좋아져서 움직임을 더 빨리 감지할 수 있는 거야.

콜키스(코카서스 남부 지방-옮긴이)산(産) 꿩 한 마리가 10미터쯤 떨어진 데서 우아하게 지나갔어. 날아가는 꿩에 흠칫 놀랐는지 셰비가 새를 조금 멀리하고 내 쪽으로 더 가까이 왔어. 몇 분 동안 꼼짝하지 않고 나를 요리조리 뜯어보더니 주변 공기 냄새를 맡고는 내 냄새를 더 잘 맡으려고 고개를 약간 숙였어. 그러자 그는 우리 사이의 거리가 아주 가깝다는 것을 알았어. 그건 영민한 그가 우리가 그렇게 가까이 있지만 내가 덤벼들지 않는다는 걸 알아차렸다는 뜻이기도 했어. 그럼에도 신중을 기하려 했는지 그는 내가 "발굽 심기"라고 부르는 당당한 걸음걸이로 조금 물러났어. 그 걸음걸이는 노루의 전형적인 걸음걸이의 하나인데, 호기심이 발동한 대상에게 가까이 가거나 물러날 때, 고상하리만치 기품 있는 날렵한 몸과 느긋한 동작과 함께 위풍당당한 모습을 갖게 해. 사람들은 그걸 노루가 앞발로 땅을 찬다고 말해. 앞다리를 어깨높이까지 올린 다음 끝까지 쭉 펴고는 땅바닥에 단단히 내려놓아. 나는 그때를 틈타 몸을 일으켰어. 그가 다게에게 돌아가서 고개를 주억거리더니 뿔을 내세우며 싸움 놀이를 하자고 청했어. 아직 가지가 없어서 염소 뿔을 닮은 두 개의 작은 뿔로 무장한 그는 천하무적처럼 강해 보였어. 앞발로 자욱하게 먼지를 일으키며 땅을 긁었어. 다게가 그의 놀이 요청을 받아들였어. 셰비가 고개를 숙이는 순간, 다게가 우렁차게 짖어대자 셰비는 그만 뒤로 풀쩍 뛰어 20미터 정도 내달리더니 몸을 부르르 떨며 돌아섰어. 그 모습이 하도 우스워 내가 웃음을 터뜨리자 둘 다 나를 쳐다보았어. 꼭 초등학교 운동장에서 노는 어린아이들 같았어. 셰비는 다게가 자기보다 훨씬 강하기 때문에 그런 싸움을 걸 필요조차 없다는 것을 잘 알고 있어. 또 그로선 영역을 얻을 수 있는 유일한 방법이 꾀를 내는 수밖에 없다는 것도 잘 알고 있어. 하지만 놀이를 너무 좋아한 나머지 노루의 삶이라는 냉혹한 현실을 잠시 잊었던 거야. 그는 아무 일 없다는 듯 푸제르에게 돌아왔는데, 그녀도 그때 똑같이 깜짝 놀랐어. 나는 다게가 볼일을 보게 놔두고 셰비와 푸제르의 뒤를 따라 걸었어. 5미터도 안 되는 거리에서 뒤따라가려고 하자 셰비가 떨어지려고 풀쩍 뛰었어. 이제 푸제르는 누워 있었고 셰비는 계속해서 영역을 표시했어. 그런 놀이를 계속한 다음, 셰비는 숲길을 건너가려고 했어. 그 시간에는 말 타는 사람들, 자전거 타는 사람들, 달리기하는 사람들이 애용하는 길이었어. 뒤따라갔어. 그는 나를 흘깃 쳐다보더니 계속 앞으로 나아갔어. 잠시 생각하는 듯하다가 마저 길을 건너갔어. 나도 바로 뒤따라갔어. 맞은편에 다다르자 왜 내가 자기를 악착같이 따라오는지 궁금해하는 것 같았어. 그가 조금 달려가더니 새로 개발된 너도밤나무 숲 언덕에 올라가 막 자른 나뭇단 뒤에 숨어서 입에 닿는 잎사귀들을 조금 따먹었어. 나도 다가가서 그의 맞은편에 있는 잎사귀들을 따먹었어. 불안은 사라지고 놀이가 자리를 잡았어. 셰비는 내가 숲에서 살고 있다는 사실을 알고 있었고, 내가 숲을 이용하는 다른 사람들과는 다르다는 것을 구분할 줄 알았어. 다른 노루들과 마찬가지로 그는 오로지 나만 알아봤고, 내 특유의 냄새만 알아봤어. 내가 아닌 다른 사람이 접근하려고 하면 냅다 줄행랑을 쳤거든. 그런데 오늘 그의 모습을 보니 내게 꼭 이런 메시지를 보내는 것 같았어. "나는 너를 알고 싶어. 나를 따라와도 돼. 하지만 아직은 좀 무서우니까 살살 따라와." 나는 그의 메시지를 읽고는 10미터쯤 거리를 두고 걸었어.

땅바닥의 나뭇잎들을 밟는 소리가 더는 셰비를 방해하는 것 같지는 않았는데, 노루 한 마리가 우리에게 다가왔어. 2년 전에 태어난 노루로 내가 잘 아는 노루가 아니었어. 그는 내가 "보르드"라고 부르는 높은 구역에서 왔어. 멀리서부터 우리를 관찰한 이 신참은 우리에게 접근하는 걸 꺼렸던 게 분명해. 꽤 떨어진 곳에서 우리 냄새를 맡았거든. 근육질 체구로 의심이 많아 보였어. 그래서 나는 그를 메프(의심이 많은 자라는 뜻-옮긴이)라고 부르기로 했어. 셰비가 그를 지켜보면서 내게 다가왔는데, 잘 보이지 않게 거리를 두고 내 주위를 돌더니, 나를 가운데 두고 자리 잡았어. 나는 곧 셰비가 큰 용기를 내야 한다는 걸 알 수 있었지만 개입할 수는 없었어. 그건 그들 사이의 문제니까. 마침내 메프가 안면을 트자고 다가갔어. 몇 분이 지났을까, 그는 셰비를 쫓아내고 싶었는데 나 때문에 방해를 받았어. 메프는 살짝 떨면서 다가오긴 했지만 셰비를 쫓아내겠다는 의지가 확고했고, 셰비는 계속 내 뒤에 숨어 있었어. 결국 신경전에 지친 메프가 포기하고 자리를 떴어.

나는 메프와 마주친 일이 우리 사이를 더 가깝게 만들었고, 우리 사이에 깊은 우정이 싹트고 있다는 것을 말해주고 있음을 확인하면서 그날 오후를 셰비와 함께 보냈어. 아주 가까이에서 그를 관찰하고 주시하면서 그 마법의 시간을 즐겼지. 셰비 쪽으로 부는 바람을 탈 수 있게 자리를 잡아 내 냄새를 잘 맡을 수 있도록 했는데 내 냄새가 싫지 않은 듯했어.

우리는 셰비가 냄새로 가득 찬 세계에서 살고 있다는 점을 알아야 해. 잔주름이 좀 지고 털이 없고 촉촉한 코는 바람을 타고 오는 온갖 냄새를 식별하지. 원래 습한 공기가 건조한 공기보다 더 냄새를 잘 전달하는 법이야. 그래서 건조한 4월 중 하루였던 그날, 들이마시는 공기에 습도를 늘리려고 셰비는 끊임없이 혀로 코를 날름날름 핥았어. 수시로 주둥이를 조금 들어 올리는 건 공기의 다른 층을 알아

달아나는 메프. 그는 비범한 지능과 지형지물에 대한 지식을 갖고 있어서 여러 차례 사냥꾼들로부터 달아나 살아남을 수 있었다.

내기 위해서였어. 그가 아무런 해를 끼치지 않는 태도와 냄새로 숲에 규칙적으로 찾아오는 사람과 은밀하고 음흉한 목적으로 자기 터전에 들어오는 사람의 행동을 구분할 수 있는 건 바로 이런 능력 덕분이야. 바람의 방향에 관계없이, 산책자가 바람을 받고 있으면 노루는 그 사람이 거기 있다는 걸 알아.

셰비가 계속 영역을 표시하면서 걸었어. 이따금 앞발로 땅을 긁기도 하고, 몇 걸음 걷다가 오줌을 뿌리기도 하고, 고사리와 어린 포플러나무에 뿔을 비비다가 오래된 마른 관목에 문지르는 것으로 마감했어. 노루에게는 일상생활에 필수적인 역할을 하는 냄새샘이 꽤 많이 있다는 것을 알 필요가 있어. 발굽의 발톱 사이에 있는 발 샘은 분비물을 땅바닥에 쌓이게 해. 그래서 숲이 아무리 빽빽해도 가족이나 무리가 따라갈 수 있는 거야. 뒷다리의 발목에는 조금 긴 털로 덮인 작은 샘 지대가 있는데 움직이는 동안 낮은 초목을 건드리면서 냄새를 분비해. 모든 동물은, 사람을 포함하여, 자기만의 유일한 냄새의 칵테일이야. 땀을 흘릴 때 피부의 모공 사이로 빠져나오는 분비물의 연금술이지. 이 후각적인 흔적은 노루로 하여금 앞서 마주쳤던 동물이나 사람을 기억 속에서 찾아내게 해줘. 그렇게 동물이든 사람이든 알아보는 거야. 바로 그런 방식으로 내가 그들의 세계에 통합될 수 있었던 것이지. 내 옷, 물건들, 땀과 소변에는 내 냄새가 배어있어. 이 냄새가 꽃가루와 먼지, 그리고 내가 걸으면서 부러뜨리거나 밟는 식물의 수액과 섞여서, 이해하기에는 한층 더 복잡해지지만, 그들로 하여금 내 위치를 감지하게 하고 내가 어디로 갔는지 알게 해줘.

메프가 지나간 뒤, 세비가 이마에 있는 또 다른 분비샘을 이용해 나무에 표시했어. 자기 존재를 주장하는 것은 모두 다 좋은 일이지. 고사리에서부터 시든 나뭇가지 사이를 지나 관목에 이르기까지, 세비가 그 물질로 자기 길과 영역을 표시했어. 무슨 냄새일까 궁금해서 맡아보았는데 사과 비슷한 냄새가 나더라고. 그 분비물은 또 메프와 같은 수노루들이나 푸제르와 같은 암노루들에게도 자기가 그곳을 지나갔다는 것을 알리기도 해. 그리고 나서 뿔로 문질러 흔적을 남긴 나무의 밑 부분을 앞발로 긁고, 그 흔적을 분명히 알리려고 세게 꾹꾹 눌러. 마치 자신의 작품에 서명하듯 말이야. 분비샘의 용적은 영역 활동의 절정기인 5월부터 9월까지 제일 커져. 나무에 뿔을 문질러 자국을 내지만 지름은 두 뿔 사이의 간격을 넘지 않고, 나무가 자라고 증식하는 걸 해치는 일은 아주 드물어. 그렇지만 산림관리인들이 식물을 보호하지 않고 개간 후 빈터에 줄기가 높은 낙엽수들을 새로 심는 어리석은 짓을 벌인다면… 그 선택에 대해 책임을 져야 해!

나는 세비의 영역과 그가 다니는 오솔길을 알려고 며칠 동안 함께 보냈어. 조금씩, 그는 내게 보조를 맞추지 않겠냐고 제안했어. 다른 노루들과는 차원이 다른 수준이었지. 우리는 마치 아주 오랫동안 잘 알아온 사이 같았어. 그와 나는 같은 순간에 같은 생각을 하곤 했어. 내가 어디를 가든, 또 그가 어디를 가든, 우리는 서로를 찾지 않고도 만났어. 마치 운명이 우리로 하여금 서로를 알 수밖에 없다고 한 것처럼 말이야. 어느 날 저녁, 나는 그를 푸제르와 함께 있도록 놔두고 혼자 자작나무 수액을 모으고 있었는데 놀랍게도 나를 뒤따라오고 있었어. 나무줄기에서 껍질을 따라 조금씩 흘러내리는 수액을 핥으면서 말이야. 푸제르는 애인보다 겁이 더 많았어도 애인과 절대 멀리 떨어지지 않았는데, 내게 "안녕하세요"라고 말할 만큼 가까이 다가오지는 않았지만 내가 하는 행동에 큰 관심을 보였어. 그리고 셰비는 애인에게 얼마나 용감한지 보여주려는 듯, 내가 자기 뒤에서 걷는 걸 두려워하지 않고 놔두거나, 같은 검은딸기나무를 나와 함께 먹거나, 내 신발 냄새를 맡으려고 다가오는 등의 도전을 마다하지 않았어. 나로서는 그런 태도가 푸제르의 마음을 사로잡았는지는 잘 모르겠지만, 고백건대, 나는 그의 행동에 깊은 감명을 받았어. 지금까지 어떤 노루도 내게 그토록 큰 관심을 보이지 않았고 또 그토록 빨리 내가 가까이 다가갈 수 있도록 해주지 않았기 때문이야.

몇 주 만에 우리는 두려워하는 상태에서 점차 서로 신뢰하는 상태로 나아갔고 마침내 완전하고 온전한 우정 어린 관계를 맺게 되었어. 이제 셰비는 나를 자기 삶에 통합시켰어. 나는 그와 함께 놀고 그의 곁에서 걷고 검은딸기나무에 나란히 서서 먹는 것을 비롯하여 많은 일을 함께하게 되었어. 때로는 셰비와 푸제르 사이의 장벽보다 셰비와 나 사이의 장벽이 더 낮다는 느낌이 들기까지 했어. 셰비 덕분에 나도 조금은 노루가 된 듯 느껴졌어. 완전히 통합되었던 거야. 그와 함께 있으면 마음이 그렇게 편할 수가 없었어. 그는 나를 판단하지 않았고, 나를 이해하고 있다는 인상마저 갖게 했어. 우리는 피를 나눈 형제 같았어. 그리하여 셰비와 푸제르와 나는 떨어질 수 없는 트리오가 되었고, 기쁨과 우정, 그리고 상호 발견으로 가득 찬 경이로운 4월을 보냈어.

14

셰비와 나 사이의 우정은 점점 더 깊어졌고, 서로에 대한 호기심은 우리를 날마다 더 가까워지게 했어. 셰비는 나를 지켜보면서 믿을 수 없을 만큼 빠르게 나를 알아갔어. 그는 나의 모든 움직임과 나의 모든 냄새에 반응했고, 우리는 더 잘 소통할 수 있게 되었어. 나는 셰비가 조그맣게 속삭이는 소리나 투덜대는 소리를 알아차렸는데, 그 소리들은 다게나 시푸앵트와 함께 있을 때는 들리지 않았던 것이었어. 그런데 실로 대단한 일은, 내가 노래를 부르거나 말을 걸 때 귀담아듣는다는 것이었어. 심지어 내 말을 내 행동과 연결시키는 것 같기도 했어. 가령 우리가 숲길을 건널 때, 내가 "음, 여기 조심해. 사람들이 있으니까"라고 말하면, 내 말의 문구까지는 이해하지 못하더라도 내 걱정과 내 냄새, 내 자세를 순간의 상황, 즉, 위험이 임박했다는 상황과 연결시켰어. 그의 뒤에서 내가 몸을 웅크리고 "셰비야, 잘 있었어?"라고 말을 건네면, 그는 멈춰 서서 코를 계속 핥으며 그 조그만 얼굴로 고개를 갸웃거리며 다정하게 나를 쳐다보았어. 반짝이는 눈빛이 마치 이렇게 대답하는 것 같았어. "응, 그럼, 잘 있었지! 너는?" 나는 노루들이 의사소통을 얼마나 잘하는지 알게 되었어. 주의를 기울여 관찰하니까 그들이 자신들을 보여주기보다는 들려주기를 훨씬 더 많이 한다는 점을 확인했어. 그들은 때때로 요란하게 떠들어. 궁금한 일이 있거나 놀이에 도전하거나 그냥 호기심이 생겨도 떠들어대. 풀쩍 뛰면서 울부짖는 소리를 계속 내면 부근에 있는 다른 노루들에게 위험을 알리는 신호야. 어미와 함께 있는 새끼들은 돌아다니다가 길을 잃지 않으려고 조그만 소리로 소곤거리는데, 심심할 때도 그래. 겁을 집어먹으면 좀 더 큰 소리를 내. 고음으로 리듬감 있게 쩍쩍거리는데 숲에 사는 나무발발이새의 울음소리와 비슷해. 그 소리는 어미에게 지금 위험한 상황이니까 얼른 달려오라고 내는 거야. 발정기인 7월과 8월에 수노루가 내는 휘파람 소리 같은 숨소리는 아주 특징적이야. 발정기의 수노루는 툭하면 투덜대고 때로는 스스로에게 짜증을 내기도 해. 발정이 난 암노루도 다양한 소리를 내는데, 약간 쉰 듯하면서도 하소연하는 듯한 작은 휘파람소리를 내. 발정난 수컷이 쫓아올 때 암노루는 꽥꽥 소리를 지르는데 가슴에서 우러나오는 듯한 그 소리를 묘사하기란 참 어려워.

셰비는 나에게 노루의 심리상태를 이해하게 해주었고, 나는 아주 빨리 그들의 언어를 흉내낼 수 있게 되었어. 소리의 정확한 간격에 따른 복잡한 기호체계를 가볍게 여기면 안 돼. 나는 매일 똑같은 방식으로 노루 친구를 부르지 않았어. 왜냐하면, 기후, 온도, 바람, 날씨,

한밤중의 세비. 밤은 감각을 일깨운다. 후각, 청각뿐만 아니라 촉각을 일깨우는데, 촉각은 특히 어렴풋한 달빛 아래 어떤 식물인지 분간하려 할 때 중요하다.

그리고 감지하기 어려운 기압의 영향까지 두루 고려해야 했기 때문이었어.

거기에 덧붙여, 노루들에게는 정직해야 해. 친구들의 환심을 사겠다고 어리석거나 이기적으로 떠들어댈 게 아니라, 그들이 다가왔을 때 무엇을 말하고 행동하며 그들에게 어떻게 이해시킬 것인지에 대해 알아야 해. 그들은 거짓 경계경보를 아주 싫어하는데, 나는 그들을 실망시키고 싶지 않았어. 반면에 교활한 노루는 찾아보기 어려워. 그들은 항상 만족해하기 때문이야. 또한 셰비에게 명령을 내린다는 건 있을 수 없는 일이었어. 그를 애완동물 수준으로 깎아내리고 싶지 않았으니까. 어쨌든 그는 나에게 복종하지도 않을 터였어. 워낙 숫염소만큼이나 고집이 세니까! 이 이야기에서도 결국 반려동물은 나였고 야생동물의 뒤를 따라다녔던 것도 나였어. 그 반대가 아니었어. 가끔은 그들이 내 말을 잘 들으면 좋을 텐데라는 생각이 들기도 했어. 노루는 워낙 모험가들이라 새로운 영역을 차지하려고 나설 때 이따금 조심해야 한다는 것을 잊어버리기 때문이야. 그들에겐 의식이 없는 게 아니라 근심이 없어. 나는 이미 셰비에게 안전을 위해 사람들의 운동 코스라든가 길가 또는 오후에 숲속 산책로 같은 위험한 장소에 가지 않도록 설득해봤어. 앞길을 가로막아보기도 했지만 소용이 없었어. 나는 이렇게 혼잣말을 했어. "내가 뭔데 무엇이건 못하게 막는 거야?" 우리는 자유와 야생의 가장 훌륭한 점이, 설령 곳곳에 위험이 도사리고 있다 하더라도 속박이나 명령이 존재하지 않는다는 점에 합의해야 했어. 산다는 것은 그 자체로 위험한 일인데, 왜 그에게 사는 것을 금지하느냐고! 장벽은 자연적으로도 이미 많은데.

자연적인 장벽에 관해 말하자면, 셰비가 단 한 순간도 고려하지 않은 게 딱 하나 있었어. 그건 바로 메프였어. 메프는 며칠 전부터 푸제르에게 눈독을 들인 것 같았고, 푸제르도 그 "상남자"가 다가오는 것을 거부하지 않는 것 같았어. 셰비와 메프는 서로 성격이 아주 달랐는데, 셰비가 어리광쟁이에 개구쟁이에다 호리호리하고 꾀가 많고 부드러웠다면, 메프는 좀 거칠고 성숙하고 남자다웠고 건장하며 독단적이었어. 게다가 메프는 다게의 영역 바로 옆에 자신의 영역을 구축했는데, 이미 말했다시피 다게는 셰비의 보호자였어. 내 친구들에게 길고 복잡한 이야기가 만들어질 위험이 있었지. 이 이야기에서 두 구혼자 중 하나를 선택해야 했던 푸제르는 결국 번갈아가며 짝을 짓기로 했어. 어느 날은 셰비를, 어느 날은 메프를 선택했는데, 마침내 두 "돈 주앙"은 한 가지 사항에 대해 의견의 일치를 보았어. 이 상황을 그대로 놔둘 수 없다는 것이었어! 늦봄의 동거는 긴장 상태였고 마침내 푸제르가 여름에 혼자 있겠다고 결정했어. 그와 같은 시기에 메프가 자기 영역을 포기했어. 늘 견제 태세를 취해왔던 다게 옆에 사는 게 너무 위험한 데다 시푸앵트처럼 큰소리로 짖고 불평을 늘어놓는 이웃이 있어서 살만한 곳이 전혀 아니었던 거야. 셰비는 그 기회를 틈타 메프가 비운 영역을 차지했는데 일찌감치 그곳에 영역 표시를 남긴 것 같았어. 나는 그가 얼마나 영민하고 꾀가 많은지 무척 놀랐어. 단한 번도 싸우지 않고 20헥타르 땅의 소유자가 되었잖아. 절반은 다게가 지켜주는 땅이고, 나머지 절반은 이전 소유자가 비웠으니까. 아무튼 과감하기 짝이 없어!

며칠 후, 셰비가 다시 한번 나를 놀라게 했어. 너도밤나무 숲에서 내가 그와 푸제르 뒤에서 걷고 있을 때였어. 그들은 여기저기서 잎사귀들을 먹었는데 그 중에도 숲속 아네모네를 많이 먹었어. 내 친구들은 미나리아재비과에 속하는 아네모네를 많이 먹는데, 타닌을 포함하고 있어서 사람으로 치자면 위장염과 비슷한 노루의 질병인 장염을 없애주기 때문이야. 대부분의 경우, 이 장염은 노루에게 치명적이야. 그런데 이 식물은 큰 나무 밑의 습하고 어두운 곳에 잘 자라기 때문에 활동 영역에 따라 모든 노루가 접근할 수 있는 게 아니야. 특히 산성 토양인 소나무 숲이나 전나무 숲에 서식하는 노루는 접근하기 어려워. 배불리 먹은 셰비와 푸제르가 편안하게 되새김질할 만한 호젓하고 조용한 곳을 찾았어. 푸제르는 최근 벌목꾼들이 자른 작은 통나무에 기대 누웠어. 셰비는 주위를 둘러보았지만 알맞은 곳이 없는 것 같았어. 그러자 과감히 작은 언덕으로 올라가기에 나는 다짜고짜 그의 뒤를 따라갔어. 그의 뒤 몇 미터에 다다르자 나는 몸을 웅크렸어. 바로 그때 그가 나를 보러오기 위해 되돌아왔어. 내 앞에 멈춰 서더니 나를 지켜보며 내 냄새를 맡았어. 그리고는 잠시 몸단장을 하며 이따금 주위를 힐끔힐끔 쳐다보았어. 거기서 우리는 엄청나게 광대한 숲의 전경을 보았어. 몇 분이 지났을까, 그가 몇 걸음 앞으로 오더니 살짝 떨면서 나를 바라보았어. 나는 그때까지 어떤 노루도 그렇게 행동하는 걸 본 적이 없었어. 내가 내뿜는 여러 냄새를 맡으려는지 고개를 들어 올렸다가는 다시 땅바닥까지 숙였어. 천천히 다가와 내 주위를 돌며 계속 내 냄새를 맡자 호기심이 불안을 밀어냈어. 그리고는 내 얼굴로 바짝 다가오더니 핥기 시작했어. 나는 따뜻하고 부드러운 작은 혀가 열정적으로 내 살갗을 어루만지는 것을 느꼈어. 그의 리드미컬한 따뜻한 숨결이 느껴지자 내 심장은 쿵쿵 뛰었어. 노루가 내게 그런 애정을 표시한 것은 그때가 처음이었어. 엄청난 행복, 기쁨, 충만함, 자부심…, 그때 느꼈던 감정은 어떤 말로도 표현할 수 없어. 수천 가지 감정이 등줄기에 전율을 일으키며 흘러내려 왔어. 혀로 나를 핥아 닦아주었고 우리의 우정을 영원히 각인시킬 나의 독특한 냄새를 기억하기 위해 나를 "맛보다니!" 그의 혀가 내 눈, 내 귀, 내 코를 훑었고 내 입술을 들어 올렸어. 아무렇지도 않게 모자를 벗겨 머리칼 냄새를 맡고는 머리칼을 갖고 조금 장난친 뒤 머리가 내 스웨터의 목깃 밑을 지나갔어. 목에 가까이 다가오려는 것이었어. 그렇게 곳곳을 다 훑고 지나가면서 내 몸단장을 완벽하게 마무리해주었어. 시간이 한참 지난 뒤, 내가 세비의 가슴을 쓰다듬어 주자 이 맞교환이 아주 흡족하다는 표정으로 쳐다보더니 내 발 바로 앞에 드러누웠어. 계속 쪼그려 앉아 있었던지라 나는 저린 다리를 쭉 편 뒤 가부좌를 틀고 앉았어. 어떤 예사롭지 않은 일이 우리 사이에 일어났고, 나는 그의 반짝이는 눈동자에서 우리의 관계가 노루와 사람 사이에 이룩한 우정의 열쇳말인 신뢰, 존중, 배려와 동의어라는 것을 알았어.

15

　초여름 날 화창한 오후, 셰비와 함께 너도밤나무 숲을 거닐었어. 어마어마하게 큰 자작나무 한 그루가 가볍고 부드러운 가지를 길게 늘어뜨리고 있었어. 셰비가 지난겨울 폭풍으로 쓰러진 큰 나무의 기둥 한쪽 끝에 누웠어. 우리는 잠시 서로를 쳐다보았어. 정말 궁금해서 나 자신에게 물어보았지. 다른 노루들은 그러지 않았는데 무슨 이유로 유독 셰비만이 나를 길들이게 되었을까 하고. 내가 자기와 동고동락하면서 갖는 이루 말할 수 없는 기쁨을 그도 똑같이 느끼고 있을까? 이 비범한 모험을 통해 나는 나 자신에 대해 매일 조금씩 더 알아갔고, 나의 약점과 강점, 욕구까지 알아가면서 예전에 갖고 있던 인식에 변화가 일어났어. 내가 그에 대해 더 알고 싶어 하는 욕구를 셰비도 똑같이 갖고 있을까? 나무 꼭대기에 따스한 남풍이 불면서 잎사귀들이 살랑살랑 흔들거리자 초록빛 그림자가 그의 얼굴에 어른거렸어. 고사리밭에 누워 초록빛 이파리들이 에메랄드처럼 투명하게 번지는 모습을 가만히 바라보았어. 우리는 거기에 꽤 오랫동안 머물러 있었어. 햇볕이 쏟아지는 숲에 누워 그 마법과도 같은 신비로운 순간을 야생의 속박에서 벗어난 자연에 온전히 맡긴 채로. 어떤 말로도 그때 내가 느꼈던 즐거움과 평온함을 설명할 수 없어. 우리는 서풍이 불어올 때까지 유유히 흘러가는 시간을 즐기며 오후를 보냈어.

자리에서 일어났어. 쾌락으로 가득 찬 휴식으로 계속 멍한 상태였고, 우리를 둘러싸고 있는 고요함에 약간 어질어질했어. 우리는 크게 자란 나무숲 아래 잡목림으로 들어갔어. 저녁이 되자 싱싱해진 고사리를 헤치며 앞으로 나아가는 동안, 낮 동안 쌓인 뜨거운 향기가 훅 몰려왔어. 때로는 시원하고 때로는 따뜻하면서 촉촉한 부드러운 풀들의 향긋한 향기가 내 머릿속을 온통 헤집었어. 낮인지 밤인지 알 수 없는 경계의 시간에 깨새들과 울새들과 방울새들과 그 밖의 모든 새들이 점차 잠잠해지며 밤의 정적 속으로 깊이 빠져들었어. 모든 소리가 나를 감싸고 있는 어둠 속으로 사라졌어. 향긋하면서 상쾌했어. 온 숲이 깨어 있었지만 평온함을 방해하는 소리는 하나도 없었어. 우리는 밤이 이슥해 깊어질 때까지 여기저기 숲을 걸어 다녔어. 우리가 가로질러 간 숲속 빈터 위에서 쏙독새 몇 마리가 멈칫멈칫하며 빙빙 돌았어. 벌레를 찾아 낮의 은거지에서 나온 그들은 마치 고양이가 새와 같은 사냥감을 볼 때 아래턱을 덜덜 떨며 쩍쩍거리는 것과 비슷한 소리로 광야의 단조로움을 깨트리고 있었어.

잠시 후, 우리는 떡갈나무 숲 한가운데에서 멈추었어. 수컷 올빼미 한 마리가 목청껏 울어대고 있었어. 암컷 한 마리가 그 부름에 응답하면서 어둠 속에서 이중주가 울려 퍼졌는데, 또 다른 한 쌍이 저 멀리서 공명해왔어. 캄캄한 밤이 되면 이 막강한 사냥꾼들은 작은 설치류들에게 공포가 될 참이었지. 조금 뒤, 조용히 날개를 펄럭이는 부엉이가 가벼운 바람을 일으키며 내 머리 위에서 날았어. 보름달이 파리한 흰빛으로 덤불을 밝혔고 내 그림자를 유령처럼 드러나게 했어. 이제 숲은 형체를 달리했고 얼굴을 바꾸었어. 그 밤에 내 감각은 예민해졌는데, 발걸음을 내디딜 때마다 "나무 성당"(이탈리아 출신 예술가 줄리아노 마우리가 고안한 구조로 나뭇가지를 한데 엮어 성당 모양으로 만들었다-옮긴이) 한가운데를 걷는 것 같았어. 발밑에서 뿌리들이 움직이는 것을 느낄 수 있었어. 나무들 꼭대기에 산들바람이 요란스레 불어대자, 나무 기둥이 파도가 휘몰아치는 범장(돛을 달기 위하여 배 바닥에 세운 기둥-옮긴이)처럼 삐걱거리는 소리를 냈어. 나무들은 서로 소통해. 내가 그들의 대화의 주제일까? 이 마법 같고 신비로운 세계에서는 모든 게 다 몽상거리가 돼.

세비가 나를 현실로 되돌아오게 했어. 자기가 원하는 곳으로 가려면 서둘러야 한다고 내게 속삭였거든. 그는 내가 자기 말을 듣지 못하면 가까이 다가와서는 고개 숙여 신발 냄새를 맡으려고 하는 것처럼 목을 길게 빼고 숨을 훅 내뿜고는 몇 미터를 껑충껑충 뛰어가곤 했어. 그의 옆에서 아주 짧게 쪽잠이 들기도 했어. 잠들어서 알아차릴 수 없었는데, 세상에서 가장 작은 포유류인 뾰족뒤쥐가 내 바짓가랑이 속으로 몰래 들어와 내 몸의 온기를 즐긴 적도 있었어. 나도 숙주

두 이웃. 푸이유와 미민은 주기적으로 만났던 오소리이다. 그들에게 나는 위험하지 않은 숲 거주자였다.

노릇을 했던 게지! 그리고 이런 상황에서 내가 잠에서 깨어나는 방식은 두 가지로 이루어질 수 있어. 녀석이 찍찍 소리지르고 날뛰면서 달아날 때이거나, 아니면 좀 더 드문 일인데 감사의 표시로 나를 물어뜯을 때야.

잠시 후, 우리는 듬성듬성한 벌판으로 이어지는 오솔길을 따라갔어. 수정같이 맑은 하늘 아래에서 나는 별들을 물끄러미 바라보았어. 숲 통로의 가장자리를 따라 뻗어 있는 전나무들 꼭대기가 별이 빛나는 하늘을 돋보이게 하는 짙은 갈색의 액자 테두리가 되었어. 셰비가 살짝 고개 들어 나를 바라보았는데, 바로 그 순간 별똥별 하나가 우리 위를 지나갔어. 나는—소망이 이루어지길 바라며—빌었어. 우리가 평생 친구로 남기를, 또 아무것도 우리를 갈라놓을 수 없기를. 나는 온 힘을 기울여 너를 돌보고 보호할 거야. 나는 우리의 가장 강렬한 순간들, 그 순간들을 우리가 함께 살 것이며 그 무엇이든 그 누구든 빼앗지 못하리라는 것을 알아.

여명이 밝아오며 옅은 오렌지빛 새벽이 아직 서늘하고 습한 숲의 윤곽을 그려냈어. 우리는 아침 햇살을 쬐려고 백악질의 언덕 위로 올라갔어. 해가 인근의 언덕 위로 배시시하게 모습을 드러냈어. 센강과 외르강의 안개가 뒤섞여 증발하고 있었고, 저 아래 거울 같은 호수와 연못에 서광이 비치면서 빛의 세상을 이루었어. 저 멀리서 수탉들이 아름다운 하루의 시작을 알리며 울었고, 골짜기 끝 마을의 교회에서는 새벽종이 울렸어. 붉은여우가 사냥에서 돌아왔는데 성과가 좋아

보였어. 마지막 멧돼지들이 이슬로 흠뻑 젖은 들판과 초원을 가로질러 깊은 숲속에 다다랐고, 사람들이 깨어나기 전에 보금자리인 진흙탕 굴속으로 피신했어. 여름철, 낮은 한없이 길어….

16

집안 분위기가 갑작스레 숨이 턱 막히게 되었어. 분명한 건, 내가 환영받지 못하는 존재가 되었다는 것이었어. 그래서 아무도 번거롭게 하지 않으려고 꼭 필요한 게 있을 때만, 그것도 밤에만 집에 들렀다가 서둘러 빠져나왔어. 세면을 하는 둥 마는 둥 하고, 크림치즈 한 덩이를 단 몇 초 동안에 먹어 치우고, 손에 잡히는 대로 성냥을 움켜쥐고는 흔적도 남기지 않고 집을 나섰어. 집에서는 모든 게 나를 예민하게 만들었어. 냄새도 성가셨고, 윙윙 돌아가는 가전제품들 소리도 짜증났어. 심지어 전등불조차 불편했어. 인간세계가 견딜 수 없다는 생각이 들었어. 숲이 훨씬 더 좋았어.

다게, 시푸앵트, 세비를 비롯한 여러 친구들 덕에, 이젠 야외에서 침낭이나 오두막이나 난방 없이 잘 수 있게 되었어. 그들이 내게 짧은 주기로 먹고 자고 사는 방법을 가르쳐주었으니까. 그렇게 하니까 그다지 큰 육체적 고통 없이도 삶—혹은 생존—이 가능했어. 어느 한 곳에 자리 잡을 때마다 몇 시간 뒤에 버려질 오두막을 짓거나 불을 피우는 건 불가능한 일이었어. 베이스캠프를 짓는 것도 쓸데없는 일이었어. 그렇지만 바람막이용으로 나무토막들을 끈으로 묶어 울타리를 만들거나 악천후에 대비해 임시방편의 작은 움막을 짓지 말라는 건 아냐. 하지만 그러려면 시간과 에너지가 많이 들어. 그런 작업을 해야 할 때가 있는데, 그건 오직 흠뻑 젖어서 여러 겹의 옷을 말려야 할 때이거나 기온이 견딜 수 없을 만큼 추워졌을 때뿐이었어. 모험이 그 시점이 되자, 숲에서의 내 삶에 대해 걱정하는 사람이 단 한 사람도 없다는 점은 물론이고, 이제는 다른 사람들의 눈에 띄는 게 두려워졌고, 따라서 내 족적을 남기는 건 신중치 못한 일이 되었어. 내 여정은 멧돼지나 노루, 사슴이 다니는 오솔길을 따라 덤불 속으로 들어가는 것이었는데, 그곳에서는 어렵지 않게 숨어있을 수 있었어. 낮에 숲에 난 도로를 건널 때는 노루들처럼 아주 신중하고 깐깐하게 처신했어. 최악의 악몽 같은 일은 산림관리원의 눈에 띄는 것이었기 때문이야. 설령 현장에 자주 나타나지는 않더라도 말이야. 그래서 다음과 같은 신조를 갖기로 했어. "행복하게 살기 위해 숨어 살자!"

　야외에서 생존하는 게 극복할 수 없는 일은 아냐. 가장 중요한 것은 올바른 장비를 갖추고 체계를 세우는 일이야. 몸의 에너지를 아끼고, 느린 호흡으로 심장 박동을 조절하고, 엄동설한에는 보행에 적응하는 방법을 배워야 해. 땀을 흘리는 게 최악의 적이 되기 때문이야.

　가을에 기러기들이 하듯, 나는 태양을 따라 이동할 수 없어. 우리는 가을에 "V"자로 "편대 비행"을 하는 기러기들을 보면서 몽상에 빠

안개 속의 푸제르. 안개는 헤아릴 수 없을 만큼 귀중한 동맹자다. 냄새는 높은 습도에 함유된 미세한 비말 덕에 공기 속에 퍼져 나간다. 그래서 노루는 사람이 눈에 띄기 전에 알아차릴 수 있다.

지거나 머나먼 나라로 떠나고 싶다는 생각을 해. 나는 또 들쥐나 마못, 고슴도치 같은 일부 동물처럼 겨울에 대사작용을 느리게 하여 살수도 없어. 그들은 겨울철과 바깥 기후가 몹시 나쁠 때 잠을 잘 수 있을 정도로 운이 좋아. 나는 내 한 몸을 온전히 스스로 지켜야 하는데, 난관을 잘 넘기려면 다음 두 가지 중요한 문제에 대비해야 해. 몸을 따뜻하게 유지하는 것과 먹을 것을 찾는 것이야. 낮이나 밤이나 오래 잠드는 것은 특히 겨울철에는 죽음의 위험까지 있어. 누워 있으면 심박수가 줄어들고 30분만 지나도 금세 감기 기운이 느껴져. 몇 시간 안에 손발이 차가워지고 저려오며 점차 저체온증에 걸려. 따라서 땅바닥과 몸을 분리시키는 것이 아주 중요해. 그래서 노루들처럼 발로 땅바닥을 긁어서 땅을 덮고 있는 식물들을 치우는데, 썩은 잎사귀들보다 흙이 더 따뜻하고 습기도 적기 때문이야. 그런 뒤에 전나무 등등의 침엽수 잔가지를 깔면 땅바닥에서 분리되어 체온을 유지할 수 있어. 스웨터를 입으면 기온에 따라 몇 시간까지 잘 수 있지만, 혹한의 날씨에는 수면 시간을 아주 짧게 해야 하고 꼭 낮에 자야 해. 나는 오전 시간이 끝날 무렵, 햇살이 가장 뜨겁게 내리쬘 때를 잠자는 시간으로 정했어. 개운치 않게 깨어나고 손발이 저려오기도 하는 일이 잦지만 평온한 순간을 보낸 것에 만족했어. 전혀 잠을 자지 않을 때도 있었어. 그럴 때면 바람을 막아주는 나뭇단 밑에서 가부좌를 틀고 앉아 몇 분 동안 졸다가 자리에서 일어나곤 했어.

식량에도 똑같은 원칙이 적용되었어. 식품 저장실을 만들 수 없기 때문이야. 그래서 노루들과 함께 이동하는 게 습관처럼 됐어. 계절에 따라 다른데, 가을이나 겨울처럼 식량을 충분히 구할 수 없는 계절에는 노루들과 더 자주 이동하게 됐어. 그러니 베이스캠프를 설치한다는 생각은 애당초 할 수 없었어. 하지만 그 때문에 곤란했던 건 아니야. 유목민이 됨으로써 현지에 적응하는 일이 더 쉬워진다는 걸 알았거든. 노루는 겨울이 길어지면서 먹이가 부족해질 때 농작물을 먹으러 갈 수밖에 없어. 겨울철에 자라는 곡물과 유채, 덩이줄기 같은 것들을 먹고, "잡초"도 먹어. 하지만 새싹이 10센티미터 높이로 자라면 다른 걸 찾아. 봄철에는 식물이 쑥쑥 자라니까 힘든 상황은 몇 주 안에 사라져. 다만, 겨울철은 농부들이 밭에 병충해 방지약을 뿌리는 적기이기 때문에 노루는 농작물을 먹는 이 전략을 최후의 수단으로만 채택해. 시푸앵트나 블루르, 발루 같은 성숙한 수노루들에게 과실수들과 떡갈나무들, 밤나무들이 자라는 오래된 숲을 만나는 일은 뜻밖의 횡재를 하는 것과 같아. 나는 이런 모든 일들과도 타협해야 했어. 봄에 초목이 푸릇푸릇해지고 먹이가 풍부해지면 다시 지난해의 자기 영역을 지키기 위해 숲으로 돌아오기 때문이야. 반면 암노루들은 새끼들과 함께 보낼 은신처로 찾은 들판에서 몇 주 동안 더 머무를 수 있고, 인간의 통행이 빈번하지 않아 방해받지 않고 안전하다고 느끼면 여름 내내 거기에 머무를 수도 있어. 그래서 짝이 없는 암노루는 이미 자기 영역을 갖고 있는 수노루를 찾아가 자기가 선택한 짝짓기 영역으로 따라오도록 설득할 수 있어. 여기서 농작물의 수확량에 노루는 거의 영향을 미치지 않는다는 점(5% 미만)을 알아야 해. 반면 농기계들은 노루에게 끔찍한 피해를 입히는데, 그중에서도 새끼들은 농기계에 치이거나 깔려서 죽임을 당하는 일이 많아. 특히 개자리속 밭이나 풀밭은 어린 노루들을 잘 끌어들여. 그곳을 쉬기 위한 장소로 정하기 때문인데, 그에 수반되는 피해가 연간 노루 개체수의 증가를 거의 절반으로 줄일 수 있어.

노루들은 서식지에 대단히 집착하며 사람들 눈에 띄지 않으려는 데 있어서 탁월한 지능을 갖고 있어. 기억력도 놀라울 정도인데, 특히 자기 영역에 관한 기억력은 더욱 놀라워. 뛰어난 운동 감각을 타고났기에 발 디딘 곳이라면 주변을 속속들이 잘 알아. 익숙한 길에서는 시속 100킬로미터의 속도로 풀쩍풀쩍 뛰며 달릴 수 있어. 땅에 있는 장애물을 쳐다보지도 않고 그 장애물이 무엇인지 생각할 필요도 없지. 이러한 운동근육의 기억력에 대해선 우리도 낮은 수준에서 알고 있어. 가령 우리가 깜깜한 밤에 전등 스위치를 찾거나 침대 모서리를 피할 수 있는 게 이 기억력 덕분인데, 이것이 노루에겐 엄청난 도움을 줘. 특히 포식자에게 쫓길 때는 더욱 그래. 그런 한편, 수노루들은 자기 이마에 난 뿔을 들여다볼 거울이 없으니까, 뿔의 위치, 모양, 길이를 잘 기억하고 있어야 해. 뿔을 덮고 있는 모피막인 벨벳이 벗겨진 뒤에는 촉각 감도가 완전히 사라져.

그밖에 셰비나 다른 수많은 노루들이 먹이를 찾는 데 제일 좋은 장소와 나뭇잎과 열매가 가장 많은 나무의 위치를 기억하는 능력을 갖고 있다는 점도 확인했어. 이런 행태는 종의 다양성에 따라 지난 계절이나 때로는 6년이나 전에 경험했던 것을 어느 정도 기억한다는 것을 보여줘. 그리고 이러한 점이 그들의 삶의 터전을 정기적으로 개발하는 경우 그들에게 나타나는 심리적 혼란을 설명해줘. 또 서머타임과 윈터타임으로 인해 일 년에 두 번씩은 시간이 바뀌기 때문에 며칠 동안이나 몇 주 동안 혼란스럽게 해. 이제 모두 알겠지만, 노루들이 가장 활발하게 활동하는 시간과 겹치기 때문이지. 땅거미가 질 무렵에 하나의 생활방식을 갖고 있는 그들이, 가령 오후 7시 30분에 정기적으로 도로를 건넜었는데 그때 차량 흐름이 원활했다면, 겨울철에는 오후 6시 30분으로 바뀔 텐데 그때는 교통량이 아주 많아져. 이는 노루에게 사고를 유발하는 요인이 돼. 다른 노루들보다 관찰력이 더 뛰어난 노루들은 위험한 시간에 도로변에 나서지 않도록 일정표를 서둘러 변경해. 하지만 불행하게도 모든 동물이 다 그렇게 관찰력이 뛰어나지는 않아. 도로는 여전히 동물들을 너무 많이 죽이고 있어.

17

봄이 왔어. 살랑살랑 훈훈하고 습한 남서풍이 수풀에 핀 숲속 아네모네와 미나리아재비 등등의 은은한 향기를 코에 실어 왔어. 따사로운 햇살이 얼굴을 어루만지도록 놔두었어. 마치 길고 힘든 겨울을 잘 버텨냈다고 나 자신에게 위로하듯이 말이야. 나무들 꼭대기에서는 새들이 줄줄이 날아가며 지저귀었어. 바야흐로 사랑의 계절이 온 거야. 우거진 나뭇가지들에 몰려온 새들이 한마음으로 부르는 노래는 행복의 찬가였어.

위에서는 새들이 지저귀고 있었고, 그 밑에서 노루들과 나는 계절의 별미를 이곳저곳에서 맛보면서 영역을 구축했어. 셰비의 이복동생인 쿠라쥬는 시푸앵트가 새로이 짝을 맺은 로제와의 사이에서 태어난 어린 수노루야. 온순한 성격의 쿠라쥬는 친구들과 겨울철에 나누었던 우정을 연장하고 싶어 했어. 그의 여동생인 릴라는 어미 로제가 준 부속 영역을 차지했어. 이는 인근의 수컷들이 릴라에게 구애하려고 접근하는 것을 막아줄 터였어. 한편, 쿠라쥬는 날마다 영역을 조금씩 더 표시하고 공들여 마무리도 하고 근처에서 어슬렁거리는 다른 수노루들에 맞서 강력하게 방어하기도 했어. 몇 주가 지나자, 그는 5헥타르가 조금 넘는 땅뙈기를 차지했는데 나이가 어린 점을 감안하면 그리 나쁘지 않았어.

어느 날 아침, 멀리서 숲 왕국의 평온함을 깨부수는 요란한 소리가 났어. 나는 쿠라쥬와 함께 도대체 어디서 평상시와 달리 드르릉거리는 소리, 외치는 소리, 우지직거리는 소리가 나는지 보러 갔어. 야생의 성채에 침입자가 쳐들어왔어. 40년 전에 나무를 심은 숲은 구주소나무들로 이루어져 있었는데, 그 사이사이에 오래된 서어나무, 너도밤나무, 떡갈나무, 자작나무가 자라고 있었어. 숲에서 우리는 놀라운 기계를 발견했어. 홈이 깊이 파인 바퀴가 여덟 개나 달리고 기계식 팔이 장착된 트랙터의 일종이었어. 그 팔 끝에는 절단기와 쇠로 된 거대한 물림장치가 있었어. 기계는 나무를 꽉 붙들어 맨 뒤 밑동을 절단하고는 아주 간단하게 들어 올렸어. 밑에서 꼭대기까지 몸통 껍질을 벗겨내고 나무 상단을 잘라낸 뒤 길게 조각내서 통나무 더미를 만들었어. 그리고는 다음 나무로 달려들었어. 그 파괴의 속도와 굉음이 너무 강력해서 나무가 비명을 지르는 것 같았어. 쿠라쥬는 그 장비가 자기 영역에 있다는 사실에 겁을 잔뜩 먹더니 달아났어. 두말할 필요도 없이 울부짖으면서 말이야. 그 어린 수노루는 사흘 동안 영역을 표시하기를 거부했어. 괴물 같은 기계가 작업을 완료하기까지 사흘 동안….

다시 고요해졌을 때, 우리는 어떤 변화가 일어났는지 보려고 현장에 갔어. 기계가 모든 것을 짓밟았어. 우리가 발견한 것은 먹이가 풍부하고 다람쥐, 들쥐, 새들이 보금자리를 틀었던 평화롭고 고요한 안식처가 아니라 아무것도 없는 음울한 벌판에 흐르는 정적뿐이었어. 기계가 모든 것을 쓸어버렸어. 썩은 나무의 기둥 하나가 이른바 생물다양성의 이름으로 남겨졌을 뿐이었어. 몇 달 후, 거기에 안내판이 붙었어. 모리스 바레스(19세기 말, 20세기 초의 프랑스 작가—옮긴이)는 『프랑스 교회의 위대한 연민』에서 다음과 같이 썼어.

그대는 샘을 더럽히고 풍경의 품격을 떨어뜨리며 숲을 남벌하거나, 또는 한 그루의 나무를 간단히 잘라내는 것을 볼 때마다 (…) 우리 존재의 저 깊은 곳에서 우러나오는 괴로움과 항의에 대해 알고 있는가? 그때 우리가 느끼는 것은 (…) 훌륭한 물자를 잃어버린 데서 오는 회한과는 아주 다른 것이다. 우리는 우리의 완벽한 확장에는 식물, 자유, 삶, 행복한 짐승들, 사취되지 않은 샘, 파이프 관이 없는 강, 철조망을 두르지 않은 숲, 시간을 초월한 공간이 필요하다는 것을 절실히 느낀다. 우리는 숲과 샘과 드넓은 지평선을 소중히 여기는데, 그것들이 우리에게 주는 다양한 서비스와 함께 더 신비로운 이유가 있기 때문이다. 소나무 숲이 프로방스 언덕에서 불타는 것은 교회 하나를 폭파하는 것과 같다. 알프스의 패인 비탈길, 피레네산맥의 헐벗은 기슭, 상파뉴 지방의 펼쳐진 사막, 석회질 고원, 황야, 중앙 고원의 황무지는 우리 마음에서 종탑이 무너지는 마을 광장과 일치한다.

 그렇게 바들바들 떠는 쿠라쥬(용기라는 뜻-옮긴이)를 본 적이 없었어. 얼마 전까지 자기 영역이었던 곳을 오른쪽에서 왼쪽으로, 그다음에는 왼쪽에서 오른쪽으로 유심히 살펴보았어. 그리고는 기름 타는 냄새가 가시지 않은 주변 공기를 들이마셨어. 앞으로 한 발짝 내디디고는 한참 동안 우물쭈물 망설이더니 급기야 체념하고 말았어. 분노에 찬 그는 끔찍한 괴로움에 시달렸어. 나는 그의 절망적인 눈길에서 자기 영역이 완전히 짓밟혀 은신처가 더는 존재하지 않고 먹이도 찾기 어려워질 것이며 사랑의 계절에도 참여할 수 없으리라는 것을 알았어.

 쿠라쥬는 스스로를 보호할 수 없는 경쟁자의 영역에 있어야 했어. 어떤 암노루도 영역을 갖지 않은 수컷을 원하지 않아. 평온한 지역을 제공할 수 없기 때문이야. 짧은 시간에 새로운 영역을 재건할 수 없어 다른 수노루들에 의해 이 영역 저 영역으로 쫓겨났던 쿠라쥬는 결국 5평방미터의 덤불에서 여름을 보냈어. 먹이의 양과 다양성이 부족해 육체적으로도 정신적으로도 무너졌어. 비참한 삶, 잔혹한 생활조건은 기어이 생명이 위험해지도록 내몰았어. 기진맥진하고 야위고 털도 빠지면서 급기야 몸에 기생충까지 침입했어. 병이 그를 쓰러뜨리지 않을까 두려웠어. 그는 울부짖으며 괴로워했고, 겨울철의 우정이 되살아나는 가을을 기다렸어. 나는 그 지경으로 건강 상태가 나빠진 노루를 본 적이 없었어.

산림관리원들이 숲과 숲의 거주자들에 대한 배려가 없다는 것이 나를 몹시 슬프게 해. 숲은 무엇보다도 서로 다른 식물과 동물의 공동체를 수용하는 나무의 공동체야. 숲의 균형이 흔들리면 모든 공동체가 취약해져. 숲은 삶을 반영해. 즉, 복잡하고 신비롭고 변화하지. 숲은 그곳의 거주자들에게 자원, 보호, 그늘, 안락함, 아름다움을 제공하며 무엇보다 생물학적으로 대단히 중요해. 내가 노루를 비롯하여 다른 야생동물과 함께 살 수 있었던 것은, 어떤 과학을 적용했기 때문이 아니라 숲을 자연이 이룩한 가장 장엄한 작품의 하나라는 점을 이해하고 그 비밀 속으로 깊숙이 들어갔기 때문이야. 우리는 단어 하나하나를 번역하면서 언어를 터득하지 않아. 모국어로 아는 것과 비교하지 않고도 언어의 미묘함이라든가 그 언어를 쓰는 국민들의 생활방식 덕에 언어를 배울 수 있는 거야. 내가 야생동물과 함께 사는 행운을 갖게 된 건 자연을 번역하지 않고 자연을 말하기 때문이었어.

지금의 산림관리 방식은 자연에 적합하지 않아. 영역에 집착하는 노루들에게는 남벌로 인한 피해가 재앙이 되기 때문이야. 숲에서의 사냥 관리도 자연법칙에 맞춰야 해. 인간은 숲에 완두콩을 심듯이 나무를 심어서 내 친구들에게 인위적인 숲의 생활조건을 강요했어. 인간이 "질이 나쁘다"고 여기는 골짜기와 성근 잡목림과 땅이 오히려 나의 숲 친구들이 추구하는 들쑥날쑥하고 틀을 벗어난 상태를 제공해. 오늘날 기계로 절단하고 산업 속도에 맞춰 수십만 헥타르를 단조롭게 구획화하여 조림하는 방식으로 숲을 개발하는 것은 사슴과(科) 동물들을 불안정하게 하기에 그들은 경작지와 과수원, 식목한 어린나무들 사이를 떠돌아다닐 수밖에 없어.

우리는 점점 더 숲의 거주자들이 대규모로 탈출하는 것을 목격하고 있어. 1990년대의 기계화된 벌목이 시행되기 전에 외르에루아르의 보스 평원에는 노루의 서식지가 거의 없었어. 오늘날에는 노루들이 낮에는 동산에서 다섯 마리에서 열 마리씩 무리지어 서식하면서 해질녘이나 새벽을 기다려 밭에서 이삭을 주워 먹고 있어. 과거에는 샤랑트마리팀 지역의 포도밭으로 잎사귀를 먹으러 오는 노루가 한 마리도 없었어. 과수원이나 정원에서 그들을 보는 건 드문 일이었지. 오늘날의 숲은 그들이 구하는 먹이의 다양성 및 양과 질을 제공하지 못해. 보호처를 제공받지 못하는 건 물론이고. 노루는 숲속 깊은 곳보다 작은 초목이 자라는 곳이나 가장자리에 더 잘 서식하는데, 끊임없이 도시화를 필요로 하는 인간이 골짜기를 점령하면서 그들의 환경을 갉아먹고 있어. 숲은 자연적으로 성장한다고 하지만, 우리가 숲 한복판에 만들고 있는 인위적인 통로들을 봐. 노루의 개체수를 조절한답시고 엄청난 압력을 가해봤자 소용없는 일이야. 이미 그들은 새끼 노루들을 먹는 여우나 말똥가리의 자연적인 포식에 의해 공격당하고 있고, 또 어떤 지역에는 스라소니와 늑대가 있어. 그밖에, 병에 걸린다든지, 사람들이 상상하는 것 이상으로 들개의 공격도 많이 받아.

그렇지만 사망과 출생 사이에는 수치상의 균형이 존재하기에 노루의 개체수는 정해진 장소에서 거의 일정하게 유지되고 있어. 우리의 잘못된 관리를 바로잡기 위한 해결책 중 하나는, 수용 가능한 환경에 따라 노루의 조밀도에 상한을 정하는 한편, 자기 영역을 가진 성숙한 노루를 보존하는 일이야. 종의 자기조절 원칙은 아주 서서히, 세대를 거듭하면서 자리 잡힐 거야. 동물은 절대로(!) 자살할 위험이 있지 않으며, 자연이 제공할 수 있는 것보다 더 많은 먹이를 소비하지 않기 때문이야. 또 동물들이 낮 동안 평온히 먹을 수 있게 하려면 숲의 곳곳에 덤불을 만들어 야생동물이 집중하여 서식하지 않도록 분산시켜야 해. 땅의 식생을 도와주기 위해 수지류 수목은 많지 않게, 나뭇잎은 무성하지만 나무는 성기게 숲을 조성해야 해. 특히 가시덤불 옆 빈터를 새로 조성하여 수풀과 함께 작고 둥근 열매가 열리는 소관목을 심어 동물들이 야생자두라든가 산사나무 열매, 월귤나무 열매를 비롯한 여러 열매를 찾아 먹을 수 있도록 해야 해. 숲속 빈터나 기슭이 그들을 환대하는 장소가 되기를. 노루들이 무척 좋아하는 화본과 목초들이 클 때까지 그냥 놔두기를. 그리고 숲에서 열매를 맺는 수종을 잘 보존하기를.

숲에 사는 동물들은 식생구조 층이 저마다 달라. 산토끼, 자고새, 들쥐, 말똥가리, 황조롱이는 평원에서 살아. 굴토끼, 여우, 오소리 등의 많은 동물들이 무리지어 굴을 파고 살기도 하지. 숲 가장자리에는 노루, 족제비, 담비, 흰담비, 여우, 오소리가 서식해. 무성하고 울창한 숲 한가운데로 더 깊숙이 들어가면 멧돼지와 같은 대형동물을 더 많이 보게 돼. 숲을 이루는 나무들은 지구상의 다른 생명체들과의 연결고리로 봐야 해. 산림관리원들은 인간적인 산림 개발로 되돌아와서 자연적인 순환을 존중하고 거기에 사는 동물들에게 우리가 활용하기를 바라는 나무들에는 관심을 두지 않게끔 더 흥미롭고 맛도 좋은 것들을 제공해야 해. 자연은 광맥이 아냐. 인간을 포함하여 모든 동물을 위한 공공선이야.

다음의 명제를 새겨들어야 해.

문명과 문화가 한 나라에 침투하여 숲의 첫 번째 거인을 베기 시작해 도끼가 그 일을 마치며 마지막 나무까지 베어낼 때 문명과 문화도 함께 사라진다.

18

　어느 날 밤, 사방이 고요할 때 집에 들르기로 했어. 무엇보다 뜨거운 물로 샤워하고 싶었어. 왠지 모르겠는데 예감이 좋지 않았어. 그날 밤에는 별도 보이지 않았어. 소나무 꼭대기에 바람이 살랑살랑 불자 싱그러운 송진 냄새가 훅 풍겨왔어. 숲 가장자리의 골짜기 아래 산림관리원 초소로 이어지는 오솔길을 따라 걸었어. 여우와 오소리가 굴을 판 비탈을 넘어갔어. 오래된 노루 친구인 발루를 만났는데 짝인 노엘과 함께 제2차 세계대전 때 포탄을 맞아 생긴 거대한 구덩이에서 놀고 있었어. 둘은 최근 설치된 송전선을 따라 살고 있었어. 폭이 100미터나 되고 길이가 수 킬로미터에 이르는 거대한 통로가 이제 그들의 서식지를 통과하고 있었어. 연못은 말라버렸고 수백 헥타르의 너도밤나무 숲이 사라졌어. 이전에는 여기에 숲이 자리잡고 있었지….

　발걸음을 재촉해 자잘한 초목이 자라는 곳에 이르렀어. 그리고 아스팔트가 깔린 작은 숲길에 도착했어. 최근에 동물들이 숲에서 나가지 못하도록 만든 캐나다식 철책(야생동물을 격리시키기 위한 울타리의 일종으로, 보행자와 자동차가 자유롭게 통과할 수 있도록 지면에 설치해 놓는 것-옮긴이)을 넘어갔어. 숲을 따라 쭉 설치된 장벽 시스템에 추가된 또 하나의 장치였어. 이제 사슴들은 가을이 와도 초원에 나갈 수 없게 되었어. 그러고 보니 내가 숲을 벗어났던 게 꽤 오래전 일이었어. 완벽하게 길들여진 이 환경의 소리와 냄새, 감각에 익숙해졌기 때문이야. 숲 가장자리에 도착하니까 바람이 바뀌었어. 냄새도 달라졌고 공기는 덜 습했어. 풀 냄새가 콧구멍으로 밀려들어 왔어. 숲에서보다 바람이 세차게 불어 겹겹이 껴입은 스웨터로 파고들자 오돌오돌 떨렸어. 평원으로 나아갔는데 벌써 숲이 나를 부르는 것만 같았어. 마치 친구와 기차역 플랫폼에서 헤어지는데, 기차가 멀어지면서 다시는 못 볼 것 같은 그런 느낌이 들었어. 오래된 가로등이 거리를 비추는 길을 따라 인도를 걸었어. 집의 바깥문은 이중으로 잠겨 있었어. 담을 넘었어. 현관문 자물쇠에 열쇠를 꽂았는데 뭔가에 걸려 열리지 않았어. 차고의 작은 문으로 들어간 다음, 두 번째 중문을 이용해 집 안으로 들어갈 수 있었어. 냉장고로 갔는데 텅 비어 있었어. 찬장에 음식이 좀 있나 살펴보았지만 역시나 텅 비어 있었어. 심지어 그중 일부는 아예 잠겨 있었어! 나중에 알게 되었지만 음식을 숨겼던 거였어. 눈물을 흘리며 떠났어. 이번이 집으로 온 마지막 걸음이 되리라는 걸 알았어. 뒤돌아보지도 않고 마구 달렸어. 이제 나의 진정한 식구라고 여기는 노루들을 되도록 빨리 만나기 위해서였어.

숲에 도착하자마자 소중한 친구 셰비를 찾았는데 찾을 수가 없었어. 아침나절 내내 그를 찾느라 시간을 보냈지만 찾지 못했어. 그렇게 시간이 흘러가자 울적함이 덮쳐왔어. 내 괴로움을 그에게는 꼭 토로해야만 했어. 그가 잘 다니는 길을 오갔지만 볼 수 없었어. 숲속 빈터에서 잠시 쉬었어. 아무것도 먹지 않았지만, 어차피 뭘 먹어도 목구멍으로 넘어갈 수 없었을 거야. 이른 오후 시간이 되자 몸도 마음도 지쳐서 그와 함께 휴식을 취하곤 했던 다른 쪽 숲으로 갔어. 거기서 그의 형체를 보았어. 거기에 당당하게 서 있었어. 그가 나를 쳐다보았어. 다짜고짜 달려가 꼭 끌어안았어. 양손으로 목을 끌어안고 어깨에 기대어 엉엉 울기 시작했어. 꽤 긴 시간 동안 그는 꼼짝하지 않았어. 그의 심장이 내 뺨에서 뛰는 게 느껴졌어. 주둥이를 내 어깨에 얹고 있었어. 그의 몸에서 전해오는 따뜻한 온기가 내 기분도 따사롭게 해주었어. 그가 몸을 부르르 떠는 것처럼 털을 부풀리고는 내 얼굴을 핥기 시작했어. 그를 만난 것이, 그의 친구가 된 것이 너무도 행복했어. 그도 내가 얼마나 혼란에 빠졌는지 공감한다는 확신이 들었어.

노루는 감정을 느끼는 능력을 갖추고 있어. 좋은 것과 나쁜 것, 그들에게 좋게 하는 것과 나쁘게 하는 것을 구분할 줄 알아. 내 친구들을 야만적으로 죽이고, 그들의 환경을 파괴하고, 숲에 무례하게 군 내 종족에 혐오감을 느낀 데다 주변 사람들의 태도에 상처입은 나는 그 순간부터 가능한 한 완전한 자율성을 오랫동안 유지하기로 결심했어. 나로서는 도저히 이해할 수 없는 인간들의 비인간적인 세계로 되돌아가지 않고 숲에서 살기로 작정했던 거야. 셰비는 내가 아는 노루 중에 가장 영민했어. 그는 나를 심판하지 않았고 나의 고통에 민감했으며 내가 그를 필요로 할 때마다 도와주었어. 그야말로 고상한 의미의 "인간적인" 행동 방식을 갖고 있었던 거야. 그는 친구 이상이었고 형제였어. 의인화하지 않고, 나는 믿을 수 없을 만큼 존경스러운 비인간의 인격을 발견했어.

19

시간이 흘러 셰비가 근사한 뿔로 단장했어. 뿔이 빠르게 자라면서 뿔 끝이 간질간질해지기 시작했나 봐. 이따금 내게 안기려고 다가올 때면, 내 팔이나 다리 또는 배낭에 대고 뿔을 비벼댔어. 또 어떤 때는 푸제르에게 비벼대기도 했어. 그럴 때면 자기 머리를 푸제르의 털에 대고 비벼댔는데 실수로 얼굴에 대고 비비기도 했어. 그러면 푸제르는 뒤로 살짝 물러났는데, 내키지는 않지만 결국 비비게 그대로 놔두었어. 엄청나게 간질거린다는 걸 잘 알기 때문이야.

노루 뿔의 성장은 암소 뿔의 성장과는 전혀 달라. 암소의 뿔은 뼈대가 살아있어서 계속 자라. 반면 수노루의 뿔의 뼈는 "벨벳"이라고 불리는 일종의 모피막으로 덮여 있어. 이 벨벳에는 뼈의 성장에 필요한 영양분을 제공하는 많은 혈관이 지나가. 뿔이 처음 자랄 때엔 극도로 민감한데 시간이 지나면서 약간 완화되긴 하지만 성장이 끝날 때까지 완전히 사라지지는 않아. 어린 수노루는 처음 6개월 동안 뼈의 주축이 형성된 다음, 5센티미터 길이의 곁가지가 나오기 시작해.

이 옹이가 모든 새끼들에게 형성되는 건 아닌데, 그들이 먹는 식단의 질에 많이 좌우되기 때문이야. 처음부터 옹이 주위에 있던 벨벳은 1월 말에 사라지고 2월이 되면 잔가지로 대체되었다가 이듬해 첫 번째 뿔이 나오고 4월 이전에 성장이 완료돼. 놀라운 것은 뿔의 성장이 전적으로 햇빛에 의존하여 생산되는 호르몬에 의해 조절된다는 점이야. 겨울에는 벨벳이 나타나는 반면 수컷의 호르몬은 없어. 봄이 되면 새로이 분비되는 호르몬이 성장을 멈추게 해. 뿔은 딱딱해지고 벨벳은 오그라들어. 머리를 여기저기 비비면 수노루의 벨벳이 벗겨져.

벨벳 속 뿔의 색깔은 하얗지만 노루가 비벼대는 나무의 수액 때문에 뿔은 꿀벌색이나 갈색을 띠어. 너도밤나무에 비벼댄 노루의 뿔은 옅은 빛깔을 띠고, 진액이 나오는 수지류 나무에 비벼댄 뿔은 거의 검은빛에 가까워. 뿔에는 처음에 오돌토돌 튀어나온 작은 공 모양이 접붙여져 있는데, 이것을 나무에 대고 비벼대면 파르마산 치즈의 강판 같은 효과를 내. 얼마 안 가 이 공 모양의 부위들은 반들반들해져. 이때쯤이면 산림관리원들이 노루들을 적의에 찬 시선으로 바라본다고 해도 과언이 아니야. 노루들이 벨벳을 벗기려고 비빈 나무들은 산림관리원들이 활용하기로 되어 있는 나무인데, 그것을 손상시켰다고 판단하기 때문이야. 하지만 노루가 뿔을 비벼 영향을 끼치는 나무의 비율은 지극히 낮고, 그해에 잘리지 않으면 이듬해에 다시 사용돼. 5월쯤에는 모든 뿔에서 벨벳이 제거되는데, 그중 늙은 노루는 이미 3월에 제거된 상태야. 땅에 떨어진 벨벳은 오래지 않아 하얗게 변하는

셰비. 나는 나와 교감하지 않는 동물은 절대로 촬영하지 않는다. 그들의 시선이 우리가 나누는 우정을 말해주기를 바라기 때문이다.

데 칼슘에 이끌린 설치류가 잘 먹고 소화해. 노루의 뿔은 압축된 뼈로 되어 있고, 일단 벨벳이 벗겨지면 감각이 없어져.

셰비는 다른 수노루와 마주치면 고개를 주억거리며 이따금 누가 더 힘이 센지 머리를 맞부딪치며 대결하기도 해. 노루의 뿔을 무기라고 말할 수는 없어. 포식자와 대면하는 상황에도 그런 반전은 아주 드물게 일어나기 때문이야. 신중해서 달아나는 편을 택해. 노루는 시속 100킬로미터로 달릴 수 있지만 포식자들은 시속 20킬로미터를 넘기는 게 아주 드물어. 그러니까 수노루의 뿔은 암노루가 주의 깊게 지켜보는 가운데 연적을 물리치기 위해 봄철마다 점잖게 두르는 멋진 장신구야.

뿔은 벨벳이 사라지는 즉시 성장을 멈춰. 그러다가 가을철이 오면, (뿔과 두개골 사이를 결합하는 부분인) 소관의 세포가 자연적으로 약해지면서 떨어져 나가. 달리거나 뿔을 나무에 비빌 때 뿔이 저절로 떨어져 나가는 거야. 주목할 점은 개체의 나이와 뿔의 길이와는 아무 상관이 없다는 거야. 가령, 시푸앵트처럼 아주 넓은 영역을 갖고 있어서 풍요롭고 다양한 먹이에 쉽게 접근할 수 있는 노루는 상당한 크기의 뿔을 가져.

셰비와 나는 계속 영역 표시를 하면서 다녔고, 다른 노루가 뿔을 비빈 나무들을 정찰했어. 길에서 쇼코트를 만났는데 그는 좋은 머리를 갖고 있지 않았어. 아니, 정확히 말해 멋진 장신구를 달고 있지 않았어. 그의 뿔은 쪼글쪼글 오그라져 있었어. 여전히 벨벳으로 덮여 있었지만 성장하는 동안 무슨 일이 있었던 것 같았어. 노루의 뿔은 매우 빠르게 자라는데 딱딱하게 굳어지지 않았을 때는 이런저런 상처를 입거나 사고를 당할 수 있어. 올해 쇼코트가 그런 경우에 속했어. 자라는 동안 검은딸기나무에 손상되었던 왼쪽 뿔은 보기 흉한 피부 덩어리로 덮여 있었는데 이는 그의 삶을 좀 더 힘들게 만들었어. 다행스럽게도 그런 기형의 뿔은 다른 노루의 뿔처럼 가을이 되면 떨어져 나가. 다음에 나오는 뿔에는 예전 사건으로 인한 흉터가 없어. 그럼에도 질병이나 부상, 총상, 접질림 등으로 인한 심각한 경우에는 재앙이 될 수 있어. 뿔의 성장 주기가 아주 취약한 호르몬 균형의 통제 아래 있기 때문이야. 자칫 부상을 잘못 입으면 뿔의 성장에 심각한 결과를 가져올 수 있고, 그러면 영역 표시 주기에 나쁜 영향을 미쳐 결국 그 노루의 사회생활을 위태롭게 해.

20

한여름에 푸제르를 만났어. 고사리가 무성한 숲 통로 한가운데 땅바닥에 늘어져 있었어. 더위가 기승을 부리는 가운데 햇살을 받으며 편안히 쉬고 있었어. 나는 지중해 해변에서 햇볕에 살을 그을리는 젊은 여배우를 떠올렸어. 이윽고 일어나더니 곧장 셰비의 영역으로 갔어. 꽤 빨리 걷기 때문에 쫓아가는 데 상당히 애먹었어. 가시덤불 사이를 잘도 빠져나가더니 셰비가 어디 있는지 위아래로 계속 코를 킁킁대며 찾았어. 그러다 셰비를 발견했어. 그러자 갑자기 태도를 바꾸었어. 걸음걸이가 한층 느려지면서 도도해졌던 거야. 그녀는 셰비 앞에 멈춰 섰어. 셰비는 언제나처럼 그윽한 눈길로 그녀를 바라보았지. 셰비가 다가가니까 이 아가씨는 모르는 척 시치미를 뗐어. 셰비가 푸제르를 껴안아 보려고 시도했다가 실패한 다음, 그녀 주위를 빙빙 돌더니 주둥이를 푸제르의 꼬리 밑으로 슬그머니 밀어 넣었어. 푸제르가 부르르 떨었어. 그리고는 폴짝 뛰더니 고개를 주억거리면서 셰비를 쳐다보고는 몇 미터 더 폴짝폴짝 뛰었어. 셰비가 뒤따라가자 돌연 멈추었어. 셰비가 전속력으로 푸제르 뒤로 달려가서는 다리로 그녀를 치지 않게끔 등을 둥그렇게 구부리고 앞다리를 푸제르의 등에 얹기 시작했어. 푸제르가 다시 폴짝 뛰었는데 그 놀이는 두 잉꼬부부를 흥분시키는 것처럼 보였어.

푸제르는 발정이 나 있었던 거야. 향긋한 분비물과 특징적인 괴성으로 셰비를 유혹했어. 전희는 수노루가 얼마나 육체적으로 강인한지를 확인하는 것으로 이루어지는데, 그래야 가장 강한 유전자를 선택하여 튼튼하고 예쁜 새끼를 가질 수 있으니까. 노루는 일부다처제라고 할 수 있어. 하지만 셰비와 푸제르 짝은 시푸앵트와 에투알 짝과 똑같이 이 규칙에서 벗어났어. 일부일처제를 지키려 했던 게 아니라 둘 다 자기 영역에서 서로에게 혜택을 주었던 데서 비롯된 거야. 그래서 푸제르는 다른 수컷들이 자기 영역에 접근하는 것을 거부했고, 또 대체로 다른 영역으로 가서 수노루를 유혹하는 일도 하지 않았어.

셰비와 푸제르의 사랑놀이는 길고 흥미진진한 추격전과 같았는데, 한 그루의 나무나 그루터기 또는 바위 주위를 원을 그리며 도는 것으로 마감돼. 이 놀이는 아주 오래 지속되기 때문에 잉꼬부부는 나무 둘레의 땅바닥에 발자국으로 다져진 작은 길을 만들어. 이른바 " 요정의 고리(균륜 혹은 균환으로, 초원이나 숲속의 나무 밑에 버섯이 둥글게 줄지어 돋아나 있는 모양. 요정들이 춤춘 자국이라고 믿었다-옮긴이)"라고 불리는 거야. 우리의 가엾은 수노루 친구는 원을 그리며 돌면서 헐떡거리고, 그 작은 춤 파티에 흥분되어 동참해도 될 거라고 생각하는 다른 경쟁자들에게 경고하려고 짖어대기도 해. 언감생심, 얼씬도 하지 말라는 거지!

분명히 알아야 할 것은 이 단계에서 춤을 이끌고 짝짓기할 곳을 정하는 쪽은 암노루라는 점이야. 만약 가엾은 수노루가 스스로 포기하거나 지쳐서 나가떨어지면 암노루는 다른 수노루를 찾아서 동일한 짝짓기 장소로 데리고 갈 거야. 이것은 셰비에게는 해당되는 경우가 아니었어. 그런 일을 피하려고 배전의 노력을 기울였거든. 잠시 후, 푸제르가 셰비를 받아들일 준비가 되었어. 푸제르가 나무 둘레 달리기를 멈추자, 셰비는 그 기회를 틈타 교미를 끝낼 때까지 여러 차례 푸제르의 등에 올라탔어. 그러는 동안 쾌락을 느끼는 것 같아 보였다는 건 두말할 필요도 없겠지. 운이 좋으면, 푸제르는 그 이튿날도 또 그다음 날도 또 그다음 날도 다시 또 셰비를 놀이에 끌어들일 거야. 그렇게 8월 말까지 이어질 수 있어. 하지만 발정 기간은 2~3일 정도밖에 지속되지 않아.

유럽에서 암노루의 수정은 7월 중순부터 8월 말까지의 발정기 동안 이루어져. 수정되는 즉시 난자는 분열하기 시작하여 약 16주 동안 자궁에서 계속 "떠다니며" 12월까지 아주 느리게 발달해. 그런 다음 이 작은 세포조직이 자궁벽에 착상하여 태아 발달이 시작돼. 이른바 "지연 착상"이라고 불리는 이 과정은 노루 이외의 다른 사슴과에는 없고, 오소리나 담비, 흰담비 같은 몇몇 포유류하고만 관련이 있어. 태아는 출산할 때까지 빠르게 성장해. 수정 후 9개월에서 10개월

마눌리아. 반짝반짝 빛나는 눈망울의 진정한 매력녀. 어미보다는 암컷 역할에 몰두하는 그녀는 딸 세넬을 낳았는데, 세넬은 그만 비극적인 운명에 처하고 말았다.

이 걸리는 셈이지.

　그러니까 총 임신 기간은 40주 동안이지만, 태아가 성장하는 기간은 20주 정도만 필요로 하는 거야. 그런데 자연이 얼마나 완전무결하냐 하면, 여름철에 수정되지 않은 암노루는 11월이나 12월의 2차 발정기 동안 수정할 수 있는데, 이때는 여름에 수정된 경우와 달리 지연 착상을 하지 않아서 늦봄 분만이 아주 정상적으로 진행된다는 거야. 푸제르는 새끼 한두 마리를 낳아 이듬해 봄까지 곁에 두고 보살필 거야.

　며칠 뒤, 나는 같은 놀이를 즐기고 있는 마뇰리아를 만났어. 그녀는 철저한 일처다부제였고, 그녀의 파트너인 보부아, 쇼코트, 아리 등도 일부다처제인 건 마찬가지였어. 마뇰리아는 여러 해 동안 춤을 이끌었지만 새끼를 낳은 적은 한 번도 없었어. 구혼자인 수노루를 유인해 유혹한 다음 짝짓기 장소로 데려가 지쳐 떨어질 때까지 놀기만 했지. 불쌍한 수컷들은 번번이 포기한 채 나가떨어졌어. 그리고 만일 평균보다 강한 노루를 만나게 되면 짝짓기를 하는 순간 사라져버려! 나는 이번에도 같은 코미디가 반복되기를 기대했어. 그런데 이번엔 뭔가 좀 당혹스러웠어. 놀이터가 만들어졌고 마뇰리아는 발정이 나 있었는데, 잘생긴 수노루 세 마리가 몇 미터씩 떨어진 채 누워 있었어. 이건 그리 흔한 일이 아니었어. 마뇰리아가 첫 번째 구혼자인 아리를 데려갔어. 몇 시간이 흘렀어. 아리가 지쳐서 막 포기하려는 참이었어. 바로 그때 보부아가 마뇰리아가 있는 쪽으로 총총 뛰어가는 것을 보앉어. 아리가 "요정의 고리"에서 나왔고, 보부아가 마뇰리아 바로 뒤를 따라갔어. 아리는 아무런 갈등 없이 쇼코트 옆에 누웠어. 마뇰리아는 농간을 눈치채지 못한 채, 작은 나무 그루터기 둘레를 계속 돌았어. 한참 뒤 같은 일이 반복됐어. 이번에는 보부아가 요정의 고리에서 나왔고 쇼코트가 그 자리를 대신했던 거야. 이 소극(笑劇)의 한 장면을 보고 있자니 웃음이 절로 나왔어. 마뇰리아는 지치기 시작했는데 그 상황에서 어떻게 벗어나는지 알 수 없는 게 당연했지. 더 이상 구혼자를 떨쳐버리고 달아날 힘이 없었던 그녀는 마침내 체념한 듯 멈추고는 짝짓기 자세를 취했어. 고개는 숙이고 복부는 수축시키고 몸은 팽팽하게 당겼어. 쇼코트가 교미를 시작하여 그녀 위에 여러 차례 올라탄 다음, 보부아가 그 자리에 올라탔고, 다음은 아리의 차례였어. 그렇게 세 수노루가 여러 차례 반복했는데, 서로 간의 합의에 만족해하는 것 같았어. 마뇰리아는 그들이 번갈아가면서 벌인 유희를 스스로 선택하지도 않았고, 또한 이듬해에 새끼를 낳는 것도 선택하지 않았어. 숲에서 여러 해를 보낸 뒤인데도, 목적을 달성하기 위해 가장 기본적인 자연의 규칙까지 어기는 그들의 적응력에 나는 다시 한번 깜짝 놀라고 말았어.

21

작은 암컷 여우인 테릴은 여름이 끝날 때부터 자기 영역의 경계를 지정했어. 7평방킬로미터로 매우 넓었어. 내가 뷜프라고(갯과에 속하는 여우속이라는 뜻-옮긴이)라고 이름붙인 짝과 함께 그들은 영역을 보호하기 위해 침입자들을 물리쳤어. 테릴은 같은 남자친구와 벌써 3년째 잘 지내고 있었어. 어쩌다 그들이 함께 사냥하는 것을 보기도 했지만, 테릴은 대부분의 시간을 혼자 보냈고, 혼자 사냥하는 것을 더 좋아했어. 일단 영역이 정해지고 보호되자 테릴은 자기만의 작은 집을 만들려고 토끼가 쓰던 굴을 확장했는데, 뷜프는 그 안에 들어갈 수 없었어. 여우에게 짝짓기 계절은 겨울이야. 꽤 고요한 한밤중에 나는 숲 멀리서 두 연인이 소란을 피우고 노래하고 아우성치는 소리를 들었어. 그 몇 시간 뒤에 테릴을 만났는데 상당히 들뜬 모습이었어. 뷜프의 콘서트가 그녀를 유혹했던 게 틀림없었어. 며칠 동안 그들은 꼭 붙어다니며 함께 놀았는데, 미친 듯이 추격전을 벌이다가 지쳐 떨어지는가 하면, 주위에 누가 있든 말든 잠재적인 위험이 있든 말든

아름다운 암여우. 테릴은 멋지게 생긴 붉은여우 뷜프의 짝이었고 그와의 사이에 새끼들을 낳았다. 나는 잠시 테릴과 함께 보냈는데 여우들과의 관계는 노루들과의 관계에 비해 별로 즐겁지 않다는 것을 알았다. 여우는 다른 동물에 별 관심을 보이지 않으며 상호작용을 추구하지도 않는다.

아랑곳하지 않았어. 한마디로 사랑에 빠졌던 거야!

　4월이 왔어. 작은 암여우가 굴에서 새끼를 낳았다는 것을 알았어. 그녀는 새끼를 낳기 전에 자기 복부에 난 흰 털을 뽑았어. 젖무덤 주위를 깨끗이 치워 새끼들이 젖꼭지를 쉽게 물 수 있도록 하기 위해서였어. 여우는 52일 동안의 임신 기간이 지나면 조그만 새끼들이 태어나. 나는 태어난 새끼들을 보지는 못했지만 소리는 들을 수 있었어. 어린 새끼 여우들은 어미의 온기가 필요하기 때문에 테릴은 꼬박 2주 동안 새끼들 곁에 붙어 있어야 했어. 그 기간 동안 테릴은 뷜프에게 전적으로 의존했는데, 그는 많은 양의 먹이를 갖다주었어. 여우는 집 안일에는 별 재능이 없는 것 같았어. 굴 입구에 유기농 쓰레기가 잔뜩 쌓여 있었거든. 4주가 지나자 새끼 두 마리만 자연선택에서 살아남았어. 두 마리가 태어난 뒤 처음으로 굴 밖으로 얼굴을 내밀었어. 더 이상 젖이 나오지 않기 때문에 (들쥐, 뾰족뒤쥐, 쇠똥구리 같은) 고체의 식량이 유일한 먹이가 돼. 몹시 수척해진 테릴은 두 새끼가 소란 피우며 노는 동안 사냥하러 갔어. 새끼들은 부산스럽고 놀이를 좋아하고 호기심이 많아. 먹이를 갖고 돌아온 어미는 때로는 일부를 비축해 놓으려고 땅에 묻은 다음 두 개구쟁이를 보살폈어. 어미가 계속 새끼들을 핥아주었어. 털이 깨끗할수록 추위를 더 잘 막을 수 있기 때문이야. 나는 이따금 누워서 셰비와 함께 새끼들을 지켜보았는데, 셰비도 그들이 오가며 하는 짓들을 흥미롭게 쳐다봤어. 새끼들은 아무것도 두려워하지 않았고 우리 발치까지 와서 놀았어. 눈동자는 짙은 청색이고 얼굴이 적갈색으로 바뀌는 것과 동시에 주둥이가 길어져.

6개월이 지났어. 숲에서 새끼 여우들이 혼자 걸어 다니는 것을 자주 볼 수 있었어. 젖도 다 떼서 벌써 어른이 다 된 것처럼 보였어. 수컷 새끼는 부모가 영역에서 내쫓았고, 암컷은 그 얼마 전에 스스로 떠났어. 그러는 사이 여우 같은 암노루 마뇰리아가 새끼를 낳았고 나는 세넬이라고 이름 붙였어. 활기 넘치고 호기심 많은 조그만 암노루였어. 마뇰리아의 구혼자들이 워낙 많아서 아비가 누군지는 알 수 없었지. 마뇰리아는 테릴과 꽤 멀리 떨어진 곳에 살았기에 뷜프를 두려워할 일이 없었어. 나는 세넬이 앞서 태어난 많은 새끼들처럼 자라나는 것을 보았어.

어느 날 아침, 세넬이 생후 3개월이 채 되지 않았을 때였는데 멀리서 비명 소리가 들려왔어. 그녀의 목소리는 처절했어. 이리저리 달아나고 있었어. 다가가서 보니 사냥하는 위치에 멋진 여우가 한 마리 있었어. 수컷이었고 내가 아는 놈이었어. 테릴의 새끼 중 하나였던 거야. 부모의 영역에서 그리 멀지 않은 곳에 자기 영역을 만든 게 틀림없었고, 내 어린 친구를 공격하고 있었던 거야. 나는 마뇰리아를 찾았어. 그녀는 세넬을 지켜줘야 마땅했는데 현장에 없었어. 내 존재가 포식자를 방해할 거라고 생각하면서 점점 더 가까이 다가갔지만 천만의 말씀이었어. 젊은 여우는 나를 잘 알고 있었고, 처음 가졌던 생각에 집중했어. 바로 세넬을 요깃거리로 만드는 일이었지.

나는 처음으로 삶과 죽음의 딜레마에 직면했어. 포식자의 송곳니에서 세넬을 구해야 할까, 아니면 잔인하기 짝이 없는 자연의 법칙을 받아들여야 할까? 세월이 이만큼 흐른 뒤에도 나의 자리는 아직도 단순히 관객의 자리일까, 아니면 숲의 왕국의 온전한 당사자 중 하나일까? 가까이 다가가자, 세넬이 목과 뒷다리에 심각한 상처를 입었다는 것을 알 수 있었어. 그녀가 어미를 애타게 불렀으나 어미는 오지 않았어. 도대체 어떻게 된 걸까? 마놀리아가 달려왔어야 마땅한데! 젊은 여우가 세넬에게 뛰어오르더니 입으로 하복부를 물고 앞발로 목을 낚아채 쓰러뜨렸어. 어린 친구는 일어나지 못할 터였어. 그때도 나는 사냥감에게 심각한 상처를 입힌 포식자를 달아나게 할 수 있었어. 하지만 무슨 목적으로? 다친 세넬이 내 앞에서 죽어가는 것을 보려고? 아무것도 할 수 없었어. 너무 늦게 왔던 거야. 그 점을 받아들여야 했어. 마음이 뒤죽박죽된 나는 차라리 자리를 뜨는 게 낫겠다 싶었어. 견딜 수 없는 일을 목격하고 싶지 않았기 때문이야.

마놀리아가 왜 그곳에 없었는지 도통 이해가 안 되었어. 암노루들은 워낙 헌신적인 어미들이기에 마놀리아의 그런 행동에 놀랐어. 마침내 마놀리아를 발견했을 때, 그녀는 딸을 부르려고 끙끙거리며 작은 소리를 냈어. 딸의 자취를 잃었던 게 분명했어. 그녀는 아직 어려서 경험이 부족하고 서툴렀어. 게다가 얼마 전부터 알레르기성 비염으로 고생하고 있었는데 후각 능력이 손상된 게 틀림없었어. 내내 코를 킁킁거리는 거 보면 코가 막힌 것 같았거든. 세넬은 외동딸이었기에 나는 가엾은 친구의 눈빛에서 혼란스러워한다는 걸 알 수 있었어. 나는 조그맣게 외치는 소리와 신음소리를 내며 그녀를 참화의 현장으로 따라오도록 했어. 그곳에 도착한 그녀는 몹시 고통스러워했어. 딸이 죽었다는 것을 알았어. 주위를 수색하고 여우를 찾아 달려갔지만 때는 이미 너무 늦었어. 마뇰리아가 그 시련에서 회복되는 데는 여러 주가 걸렸어.

22

푸제르는 숲속을 거닐며 야생화와 여기저기 흩어져 있는 등심초를 조금 뜯어 먹은 다음 숲속 빈터로 향했는데, 그곳은 우리가 먹을 만한 키 작은 식물이 많았어. 몇 미터 떨어진 곳에 있는 이식된 나무들이 특히 그녀의 관심을 끌었어. 완전히 벌목했던 곳에 2년 전에 처음 이식된 자작나무, 개암나무, 서양풀무레나무, 산사나무 등 여러 목본 종들과 반목본 종들이 재생하고 있었어. 내 친구는 가지가 쳐진 나무를 좋아했는데, 부드러운 잎사귀와 맛 좋은 새싹이 가득한, 놀라울 만큼 다양한 어린줄기들이 있어서야. 하지만 푸제르는 단지 먹는 것에만 만족했던 게 아니라 새끼들을 숨길 수 있는 곳 또한 찾고 있었어. 옆구리가 둥그렇게 불러온 것으로 보아 새끼를 배고 있다는 것을 알 수 있었거든. 특정한 몇 군데에 활동 영역을 경계 짓는 표시를 해놓으면 방어를 잘할 수 있을 터였어. 그곳이 새끼를 낳아 키울 지대야. 세비와 푸제르는 약 40헥타르 상당의 꽤 넓은 세력권에서 모든 활동을 벌이고 있었어. 다른 수노루들과 암노루들은 그곳을 "용인했어."

그 영역은 식량을 보장해주는 곳간이기도 했고, 편안하게 쉴 수 있는 위치와 조용한 장소를 제공했으며, 전체가 어마어마한 오솔길 망(網)으로 연결되어 있었어. 셰비는 자신의 영역을 매우 엄격하게 표시하는 한편 빈틈없이 지켜냈어. 그곳은 그들의 생활 영역 안에 있는 일종의 관할구로 당연히 푸제르의 활동 구역을 가로지르는 지역이야.

5월 초, 푸제르가 초원 한가운데에서 출산했어. 딸을 하나 낳았는데 폴렌(꽃가루라는 뜻-옮긴이)이라고 이름 지었어. 처음 몇 주 동안은 푸제르와 폴렌을 둘이 있게 놔두었어. 어쨌든 나는 셰비와 함께 영역 표시를 하며 하루하루 보내느라 바빴어. 어느 날 오후, 나의 절친인 셰비가 푸제르와 딸과 합류했어. 나는 아무 걱정 없이 태평스럽게 그 가족의 뒤를 따라 거닐었어. 푸제르가 앞장섰고, 그 뒤에 셰비가, 그리고 딸이 뒤따랐어. 숲 사이 오솔길을 지나갔는데 매우 따뜻한 곳이었어. 소나무들을 심어놓았기 때문이야. 수지류 수목은 열을 잘 유지하는 장점이 있거든. 햇살이 따스하게 내리쬐었고 우리는 휴식할 만한 쾌적한 장소를 찾았어. 갑자기 불쾌감을 주는 쉭쉭거리는 소리에 나는 온몸이 마비되었어. 소리는 땅에서 났어. 뱀이었어. 내가 뱀을 밟을 뻔하자 뱀은 기분이 좀 상한 듯했어. 뱀이 수비 태세를 갖춰 머리를 반쯤 들어 올리고는 움직이지 않았어. 나는 노루들이 가르쳐준 대로 다리를 들어 올린 채로 그 자리에 얼어붙은 듯 꼼짝 않고 있었어. 뱀은 진정되지 않았고 친구들은 멀어지고 있었어. 새끼 노루처럼 낑낑 신음소리를 내며 궁지에 빠졌다는 걸 알리려 했지만 소용없었어. 폴렌도 셰비도 주의를 기울이지 않았고, 푸제르는 내 소리를 듣기에는 조금 멀리 떨어져 있었거든. 다행히도 푸제르가 잠깐 뒤돌아보았어. 폴렌도 가던 길을 멈추었어. 둘 다 나를 쳐다봤어. 나는 새끼 노루가 무서워할 때 내는 특유의 비명소리를 계속 냈어. 푸제르가 되돌아오더니 셰비 앞을 지나쳐 내 쪽으로 걸어왔어. 뱀을 보자 암노루는 고개를 숙였어. 그녀는 살금살금 신중하게 전진하면서 발을 높이 들어 올렸어. 파충류의 높이까지 들어 올렸는데, 뱀은 그녀가 다가오는 것을 알아차리지 못했던 것 같았어. 푸제르는 뒤로 물러나더니 앞다리를 들어 사정없이 뱀을 걷어찼어. 그러자 뱀이 냅다 도망치기 시작했어. 푸제르가 쫓아가 다시 뱀의 머리를 겨냥하여 계속 걷어찼어. 그 불쌍한 짐승은 고무처럼 사방으로 튀었어. 뱀은 죽은 게 확실했지만 푸제르는 죽었다고 확신이 설 때까지 계속해서 발로 차고 또 찼어. 그리고는 폴렌에게 되돌아가 몇 차례 다정하게 핥은 다음 행렬 선두에 다시 섰어. 나에게 큰일이 날 뻔했어. 호기심이 발동한 셰비가 죽은 뱀한테 가서는 코를 킁킁거리며 냄새를 맡더니 푸제르에게 되돌아가면서 마치 동의를 구하듯 나를 쳐다보았어. 자기 짝이 그렇게 폭력적이고 무서운 줄 미처 몰랐다는 투로 말이야. 푸제르는 다른 암노루들과 마찬가지로 뱀을 질색했어. 특히 옆에 새끼들이 있을 때는 더욱 싫어했어. 나는 그녀가 그렇게 선수를 쳤던 게 기뻤어. 비록 눈먼 뱀이 나보다 더 겁먹었던 게 분명하고, 그래서 스스로 떠날 참이긴 했었지만 말이야. 나는 살아남아 안도의 숨을 쉬었어. 푸제르야, 고마워.

셰비와 푸제르는 딸과 함께 아기자기한 삶을 이어갔어. 봄이 끝날 무렵 어느 날 아침, 불시에 불청객이 나타났어. 이 뜻밖의 불청객은 내가 마갈리라고 부르는, 멋지게 생기고 경험도 풍부한 암노루로 메프의 여동생이야. 왠지 알 수 없었으나 자기 활동 영역인 숲 위쪽에서 우리 구역으로 내려왔어. 나는 마갈리의 옆구리가 남산만 하게 불러온 것을 보고 새끼를 배고 있다는 것을 알았어. 푸제르와 마찬가지로 마갈리도 이미 새끼를 낳은 적이 있었고 영역 표시가 되어 있었기 때문에 새끼를 낳으러 자기 영역으로 돌아갈 거라고 생각했어. 그런데 웬걸, 그렇지 않았어. 마갈리는 영역에 굉장히 집착했어. 그 조막만한 얼굴이 내 마음을 사로잡긴 했지만 성질머리 하나는 고약하다는 걸 인정해야 했어! 푸제르와 폴렌과 함께 아침을 보내며 숲길을 따라 걷고 있을 때 마갈리가 다가왔어. 푸제르는 아무 말도 하지 않았어. 마갈리는 조금 더 가까이 걸어와 내 냄새를 맡더니 푸제르 쪽으로 다가갔어. 푸제르는 아주 사교적인 성격이라 마갈리를 좀 핥고 싶어 했어. 그런데 느닷없이 마갈리가 마구 짖어대며 푸제르 뒤를 죽어라고 쫓아다녔어. 푸제르가 저항했어. 버티고 서서 흐름을 뒤집으려고 시도했어. 하지만 마갈리가 힘이 훨씬 더 셌기에 결국 냅다 달아날 수밖에 없었어. 그 긴 싸움이 끝난 후, 나는 폴렌과 단둘이 있으면서 푸제르가 돌아오기를 기다렸는데, 돌아온 것은 마갈리였어. 겁에 질린 폴렌은 숨을 할딱거리며 두 앞발 사이로 머리를 숨겼어. 그녀는 돌처럼 굳어버렸어. 마갈리는 공격적이지 않았고 폴렌에게 주의를 기울이지도

마갈리. 그녀는 나를 믿을 만한 친구로 여겼다. 심지어 나를 프뤼넬과 에스푸아르의 공식 보모로 채용했다.

않았어. 오랫동안 기다린 끝에 푸제르가 우리를 부르는 소리를 들었어. 더 정확히는 딸을 부르는 소리였어. 폴렌은 부리나케 인접 구역으로 달려가 어미와 만났고, 마갈리는 우리가 멀어지는 것을 지켜보았어. 자기 영역에서 쫓겨난 푸제르는 다시는 되돌아가지 않을 터였어. 마갈리는 그곳의 높이 자란 풀숲에서 출산했는데 푸제르와 마찬가지로 딸 하나를 낳았어. 나는 그녀를 클라라라고 불렀어.

몇 달이 지나갔어. 클라라와 폴렌은 친구가 되었어. 마갈리는 내게 이전보다 더 큰 호기심과 관심을 보였는데 암노루로서는 드문 일이었어. 대체로 나는 수컷들한테서 심리적 빗장을 여는 게 더 수월했거든. 테스토스테론 수치가 더 높기 때문이야. 이 호르몬은 수컷들에게 좀 더 자신감을 갖게 하고 더 강하다는 느낌을 갖게 해. 암컷들에게는 두 배의 시간이 필요했지. 수노루보다 더 찬찬히 관찰하는 데다 새끼가 없을 때조차 모성 본능에 의해 오랫동안 보호 태세를 취하기 때문이야. 암컷들이 더 심리적이고 겁도 더 많아. 마갈리는 오빠인 메프와 조금도 닮지 않았어. 그녀는 쉽게 다가왔고 관찰했으며 재빨리 이해했어. 나는 그녀와 빠르게 공감할 수 있었어.

마갈리가 푸제르, 셰비, 나와 함께 가을을 보내고 있을 때, 다른 노루들인 라플라크, 보부아, 마놀리아, 쿠라쥬, 메프가 합류했고, 폴렌과 클라라까지 가세하면서 총 열한 개체가 하나의 멋진 무리를 이루었어. 그리고는 겨울철에 우의를 다지는 노루의 특성을 활용하여 다 함께 모험을 떠났어. 미지의 다른 지역을 탐험했던 거야. 노루는 본디 서식지가 있는 붙박이 동물이지만, 그래도 우리는 새로운 공간을 발견하려고 하루에 약 5킬로미터씩 돌아다녔어. 여기저기 숲 가장자리를 따라가며 놀았어. 달리기도 하고 폴짝폴짝 뛰기도 하고 산림감시원 초소 바로 뒤 거대하게 솟아오른 언덕에서는 맹렬한 속도로 뛰어 내려가기도 했지. 철책을 지나 싱그러운 풀들이 빽빽이 자란 초원으로 달려가면서 행복한 순간을 만끽했어.

친구들이 되새김질하는 동안, 나는 그들 사이에서 휴식을 취했어. 쿠라쥬가 일어나더니 잎사귀를 따먹었어. 그러다 느닷없이 초원 한가운데에서 폴짝폴짝 몇 번 뛰더니 멈추었어. 그러더니 이번에는 1미터 이상 높이로 다시 뛰기 시작했어. 난데없이 왜 저러지? 아무 일도 없는데 말이야. 그냥 놀고 있었던 거야. 혼자 신나서 춤을 추고는 마치 자신이 거대한 노루라도 되는 듯 으스대며 들판에 튀어나온 작은 줄기에 대고 경계의 몸짓을 취하기도 했어. 그리고 발레를 하듯 한쪽 발끝으로 서서 믿기 힘든 회전 동작을 거듭했어. 행복에 겨워 사는 재미가 충만해 보였어. 동무들의 즐거워하는 시선을 받으며 잠시 진정하는 듯하다가 얼마 안 가 더욱 격렬하게 다시 시작했어. 공중으로 힘껏 뛰어오르는 동시에 엉덩이를 삐죽 올리는가 하면, 허공에 대고 발차기를 하더니 땅바닥에 착지하며 뒷발로 섰어. 놀이는 계속되었어. 빙빙 돌기도 하고, 상상의 노루에게 뿔을 겨누는 자세를 취하기도 하고, 미친 듯이 폴짝폴짝 뛰기도 했어. 잠시 휴식을 취한 뒤, 다시 공중으로 뛰어오른 다음 돌아서더니 다리를 편 채 땅바닥에 위풍당당하게 내려왔어. 모든 게 다 재미있어 죽겠다는 듯 별것도 아닌 일에 즐거워하며 몇 분 동안 계속 그렇게 놀더니 마침내 아무 일도 없다는 듯 마갈리 옆에 누웠어.

우리는 숲속으로 돌아왔어. 라플라크가 심술궂은 눈길로 나를 쳐다보았어. 그녀는 나를 오래전부터 봐왔음에도 한결같이 시험하곤 했어. 늦은 오후, 주위가 조용할 때, 누워있던 그녀가 갑자기 벌떡 일어나 달아나더니 멈춰 섰어. 그리고는 다른 이들의 반응을, 그중에서도 특히 내 반응을 살폈어. 그녀는 무리 속에서 일종의 권위 같은 것을 가지려 했지만 가능하지 않았어. 노루의 세계에는 우두머리가 없기 때문이야. 게다가 걸핏하면 엉뚱한 짓을 하기에 아무도 그녀를 신뢰하지 않았어. 그녀는 이따금 무리의 평온한 분위기를 깼어. 다른 노루들을 귀찮게 하는 데 시간을 보내느라 안달이 나 있었지. 사실은 나도 이따금 그녀 때문에 짜증이 났었다는 점을 인정해. 그렇긴 하지만 귀여운 데다 성격이 강인해서 장차 "큰 인물"이 될 거야.

무리와 함께 있다 보니 언제 겨울이 갔는지도 몰랐어. 그사이에 봄이 벌써 돌아왔지만 여전히 추웠어. 숲에서 몇 년 지내다 보니 몸에 이상이 오기 시작했어. 제한된 식단 때문에 근육의 피로가 전보다 빨리 찾아왔어. 그날은 가랑비가 내렸는데 겹겹이 껴입은 옷을 뚫고 얼음장처럼 차가운 바람이 들어왔어. 노루 친구들에게 잘 둘러싸여 있어 안심하며 잠시 눈을 붙이기로 했어. 커다란 나무 뒤에서 바람을 피했지. 소나기가 좀 내렸지만 신경 쓰지 않았어. 사실은 기상 이변이

다가오고 있었고 기온이 점점 떨어지고 있었어. 일단 잠이 들자 금세 곯아떨어지고 말았어. 체온이 떨어졌어.

잠에서 깨어났을 때, 여기가 어디인지, 내가 누구인지 알 수 없었어. 더 심각한 일은 사지가 마비되었다는 것이었어. 도무지 일어설 수 없었어. 셰비가 나를 보러 왔어. 낮잠을 자고 일어났을 때의 습관대로 내 얼굴을 핥기 시작했어. 그의 작고 따뜻한 혀가 내 얼굴을 핥고 또 핥자 정신이 좀 들면서 무감각 상태에서 벗어났어. 그때서야 내가 어디 있는지 알아차릴 수 있었어. 셰비의 크고 반짝이는 눈망울과 조그만 코가 바로 내 앞에 있었어. 일어나려고 했지만 땅바닥에서 꼼짝할 수 없었어. 다리가 천근만근 무거웠고 움직이라는 머리의 지시에 몸이 응답하지 않는다는 느낌이 들었어. 마지막 안간힘을 써서 나뭇가지를 붙잡고 간신히 일어났어. 가슴팍에선 심장이 쿵쾅거렸고 머리가 무거웠어. 풍경이 내 주위를 빙빙 돌았고 온몸에 감각이 없었어. 구토를 했어. 몸을 따뜻하게 하려고 몇 걸음 걸어가 주머니에서 양초를 꺼내 성냥을 몇 차례나 긁은 뒤 겨우 촛불을 켰어. 죽은 나뭇잎들을 촛불에 갖다 댔지만 좀처럼 타오르지 않았어. 잔가지를 갖다 댔어. 문제가 발생할 경우에 대비해 잔가지를 항상 배낭에 넣고 다녔거든. 불꽃이 올라오기 시작하자 몸이 좀 따뜻하게 데워졌어. 불이 꺼지지 않도록 칼로 조그맣게 자른 나무토막을 불길에 던졌어. 그러자 정신이 돌아왔어. 셰비와 다른 노루들이 내가 계속 나무를 집어넣는 불길 주위로 다가왔고, 우리는 저녁을 함께 보냈어. 몸이 이렇게 되도록 내버려둔 나 자신을 탓했어. 목숨을 잃을 수도 있었거든. 야외에서 어려운 조건에서 살 때 모든 위험을 피할 수는 없지만, 잘 체계화하고 대비하면 목숨만큼은 구할 수 있어. 이 작은 공포의 경험은 정신이 번쩍 들 정도로 충격을 줬어. 이런 일이 처음 일어난 건 아니었지만 이렇게 오래 지속된 적은 없었거든. 내 삶을 노루 친구들과 함께 보내고 싶었어. 강렬하게, 설령 짧게 끝난다고 해도 상관없었어. 하지만 살아남아야 했어. 미쳐 돌아가는 이 세상의 파괴로부터 친구들을 구하고 그들의 이야기를 전하고 야생의 삶의 현실에 대해 대중에게 알리려면 살아남아야 했어.

23

노루를 이해하려면 그들의 역사를 이해해야 해. 그들의 역사는 종종 우리 인간의 역사와 비극적으로 연결돼 있어. 선사시대에 사냥은 인간의 생존과 생활을 지탱하는 기둥이었어. 처음에 사냥은 풀이 무성한 넓은 초원에서 이루어졌는데, 기후가 변하고 나무들이 급속히 성장하면서 사냥감의 구성에 변화가 생겼어. 사슴, 멧돼지, 늑대, 노루는 이러한 격변의 혜택을 입었어. 동물 개체군의 증가가 가속화되면서 사람들은 식량, 의복, 도구뿐만 아니라 새로 부상하던 농업을 지키기 위해서도 사냥을 했어. 이 새로운 활동은 당연히 동물의 행동에 영향을 미쳤고, 사냥감으로 쫓았던 동물들의 은신처로 숲을 조금씩 변모시켰어. 하지만 고고학적 연구에 따르면 사람들의 식탁에 노루가 올랐다는 증거는 거의 없어. 어쩌면 노루는 농작물에 별 피해를 입히지 않아서 사람들이 별 관심을 갖지 않았을 수도 있어. 아니면 이 동물의 지능과 혼자 지내는 습성, 위험을 피해 달아나는 능력이 어떤 면에서 이들에게 접근할 수 없도록 했을 수도 있어. 정확히는 알 수 없지만.

중세 초기까지 왕들은 야생동물로 인한 피해로부터 작물을 보호한다는 명목으로 사냥을 조직했고 농부들을 사냥몰이꾼으로 이용했어. 말을 타고 사냥개를 몰면서 벌였던 사슴 사냥이 많이 행해졌던 반면, 노루 사냥은 일부 역사가들에 의하면 순수한 20세기의 발명품이었어. 이후 왕들과 영주들은 사냥을 "레저 스포츠"로 변모시켰고, 밭에서 거듭하여 새싹을 뜯어 먹는 동물들로부터 농민들을 더 이상 보호하지 않았어. 1396년의 법령으로 인해 사냥감이 농부들의 경작지에 피해를 입혔더라도 농부들에게는 사냥을 금지했어. 야생동물을 제거하는 것이 주된 임무였던 사냥은 경작자의 이해관계에서 멀어지면서 이기적인 살상의 즐거움이 되었지. "사냥꾼의 아버지"라는 별명을 가진 프랑수아 1세는 농업적 이해관계에 반해 동물을 보호했어. 그러자 단순한 사냥의 즐거움을 위한 왕과 백성 사이에 균열이 생겼어.

설령 왕들의 그런 열정이 우리의 아름다운 숲을 보존하는 데 도움을 줬다 하더라도, 그 양상은 크게 변화되었어. 숲 내부에 이동을 용이하게 하기 위한 길이 표시되었어. 중심점에서 여러 방향으로 뻗는 도로가 방사형으로 만들어졌어. 1764년, "왕의 수렵"이라는 매우 정확한 지도가 제작되어 산림 지역을 가로지르는 수많은 도로를 쉽게 식별할 수 있게 되었고 방향 잡기도 수월해졌어. 바로 그때부터 근대의 지도 제작법이 발전하여 오늘날과 같은 모습이 되었어. 숲이 매우 중요해졌던 만큼 보호를 받는 특권을 누리게 되었어. 새로운 녹화 사업까지 등장했어. 우리 노르망디 지역에서는 귀족들이 숲이 더 커지고 야생동물들이 많이 번식하도록 특정 지역에서의 농업을 규제했고 때로는 금지하기도 했어. 숲이 사람에게 나무나 식량을 위해 활용되었던 게 아니라 단지 수렵 취미로만 쓰이게 되었어.

1789년 프랑스 혁명으로 폐지된 최초의 특권 중에는 사냥할 권리도 포함되었어. 사회 질서는 무너졌고, 노루를 포함하여 수많은 야생동물의 생명도 파괴되었어. 그때까지는 왕과 귀족만이 사냥할 수 있었고 노루는 방치되거나 완전히 무시되었어. 19세기부터 노루는 사냥감이라는 지위를 물려받으면서 어떠한 제한도 없어졌지. 사냥은 더욱 대중화되었으며 한 세기도 채 지나지 않아 노루는 우리 풍경에서 거의 사라졌어. 20세기와 두 차례의 세계대전은 야생동물에게도 똑같이 죽음의 몫을 치르게 했어. 사냥계획이 수립된 1979년이 되어서야 사격이 제한되면서 노루는 조금이나마 숨통을 틀 수 있게 되었어. 종은 다시 번식하고 안정되기 시작했어. 다만 전쟁 후의 식림, 직선적이고 단조롭게 만든 거대한 숲들, 겨울 작물의 개발, 산림 지역의 경작, 그리고 당시 프랑스를 산업화하기 위해 취해진 모든 조치가 노루의 생물학적 환경을 철저히 불안정하게 만들었다는 점을 제외한다면 말이야. 농촌의 산업화와 기계화는 점차 야생동물을 농업 및 임업 활동의 수익성과 양립할 수 없게 만들었어. 인간이 처음 지상에 온 이래 노루는 변하지 않았어. 반면, 최근 수 세기 동안, 특히 최근 수십 년 동안의 문화적 변화는 숲속 동물의 삶을 변화시켰어.

숲은 최근까지도 밭만큼이나 영양분이 풍부했어. 신석기 시대 사람들은 주로 참나무의 도토리를 먹었어. 중세 시대에도 도토리는 밀전병이나 빵의 형태로 사람들이 널리 소비하는 열매였어. 브랜디 제조에도 사용되었고 커피 대용품으로도 쓰였어. 감자가 출현하면서 도토리 소비가 끝났어. 또 밤, 개암열매, 호두, 산사나무열매, 야생자두, 야생배, 버찌, 마가나무열매와 같은 다른 열매들도 대중적인 식단의 일부였어.

알프스에서 농민들은 굵은 씨앗을 생산하는 아르브(알프스산맥에서 발원하는 아르브강의 이름에서 따옴-옮긴이)라고 불리는 수지류 수목을 겨울나기용으로 사용했고, 산림 지역의 덤불은 숲에 있는 나무들만큼 무성하거나 더 무성했어. 딸기와 나무딸기, 오디, 월귤나무 열매가 널리 소비되었어. 버섯은 프랑스 숲에서부터 로마까지 유명세를 떨쳤어. 고사리는 예전에 침대 매트에 넣는 데 사용됐어. 너도밤나무의 잎은 대단히 시적이게도 "나무의 깃털"이라고 불리며 매트를 채우는 데 쓰였어. 또 뒤엉킨 등나무는 땅으로부터 차단하는 데 사용됐어. 여기서 "바닥을 등나무하다(joncher le sol)"라는 표현이 생겼는데, 이는 바닥에 등나무를 잔뜩 늘어놓는다라는 뜻이야. 태곳적부터 숲은 우리에게 수지와 래커, 고무, 라텍스, 과일, 나무 등을 제공해왔어. 뿐만 아니라 우리가 숲과 맺고 있는 문화적 관계는 굳이 주의를 기울이지 않아도 그 숲에서 나오는 먹이의 양을 "조절하도록" 했어. 그렇게

궁핍. 산림 개발은 먹이를 부족하게 만들었기에 우리는 종종 뿌리와 덩이줄기를 찾으러 경작지나 정원에 가야 했다.

우리는 자연적인 포식의 도움을 받아 동물 개체수를 조절하는 데에 참여하게 되었어. 내가 이 모험을 오랫동안 지속할 수 있었던 것도 바로 이 문화적 관계 덕분이야. 문제는 단순한 채집에서 집약적이고 파괴적인 수목재배 시스템으로 넘어갔다는 사실에 있어. 숲을 훌륭하고 풍요롭게 만드는 작은 식물들을 모두 천시하고 단지 수익성만 목적으로 하고 있을 뿐이야.

오늘날, 어느 정도 가까운 장래에 팔릴 어린나무의 새싹을 노루가 자주 뜯어 먹으면 그 식물은 산림관리원이나 목재산업의 눈에 "훼손된" 것으로 찍혀서 사용될 수 없게 돼. 여전히 "숲"이라고 불리는 이 산업단지를 재생시키기 위해, 우리는 가령 울타리와 같은 보호장치에 투자하기도 하지만 비용이 많이 들어.(10헥타르당 2만 유로.) 그리고 종종 숲속 빈터나 벌채된 구역에 설치되는 이 울타리가 노루들의 서식지와 먹이를 빼앗아가. 그러면 노루들은 다른 산림 지역으로 이동할 수밖에 없는데, 거기서 그들은 먹기만 하는 게 아니라 비용이 많은 드는 울타리를 또 치게 만들어. 개별적으로 묘목들을 보호하기도 해야 해. 대개 플라스틱 토시나 작은 철망을 두르는 식이어서 동물들이 자유롭게 돌아다닐 수 있지만, 그러한 보호장치는 종종 식물 자체보다 더 비쌀뿐더러 노루들의 먹이 문제도 해결하지 못해.

현대인이 식민화한 숲은 그곳에 사는 다른 종들을 위한 여지를 조금도 남겨놓지 않아. 하지만 나누는 법을 배우기는 어렵지 않아. 나는 오히려 "받으려면 주는 법을 배우세요"라고 말하고 싶어. 너도밤나무나 가문비나무 옆에 돈벌이가 안 되는 버드나무를 심으면 노루들은 버드나무를 먹을 거야. 맛에 관한 한 버드나무가 더 좋기 때문이지. 만약 "미개발된" 숲 지역에 가시덤불나무를 남겨둔다면, 노루들에게 더 좋은 곳을 찾지 않게 만드는 보호처와 은신처를 만들어내는 거야. 또 숲속 빈터의 화본과 목초를 베지 않은 채로 놔둔다면 노루들이 그것을 뜯어 먹으려고 길가로 가는 일이 줄어들 거야. 기타 등등 모두가 이런 식이야. 우리는 숲을 산업 지대로 인식하면 안 돼. 무한하게 사용할 수 있는 이점을 생산하는 자본으로 여겨야 해. 노루는 우리의 환심을 사려고 "나무밭"에서 먹는 것을 멈추지는 않을 거야. 노루는 숲과 상호작용해. 착취하지 않고 유지시키며 먹이로 삼지만 생명의 천연자원을 낭비할 까닭이 없어. 이 모든 야생동물로부터 목재산업을 보존한다는 명목으로 동물의 이상적인 밀도를 추구할 필요도 없어. 수렵으로 균형을 조절하려 해선 안 돼. 지금까지 그렇게 된 적이 없었고, 또 그럴 수도 없어. 균형은 태곳적부터 불안정했고 다양했기 때문이야. 그것은 기후나 기상 조건, 먹이 공급, 포식 및 기타 여러 요인에 달려있어. 우리들 세기의 현대 산업은 그 또한 불확실한 수요를 예상하여 할당량을 정하고 과잉 생산해. 이러한 작용 방식은 산림환경이든 어떤 자연환경에서든 작동할 수 없어. 100헥타르당 20마리로 노루의 밀도를 제한하여 적용하는 것은 우리의 상업적 규칙하고는 전혀 인연 없이 살고 있는 동물에게는 아무런 의미가 없어. 그런 건 이미 기후 변화 때문에 혼란에 빠진 세상에서 "자연-산업" 간 균형을 확립하는 데 충분한 지표가 될 수 없어. 해마다 개체수를 측정하지만 그것도 개체수 변화의 평균치를 말해줄 뿐 결코 절대적인 지표가 될 수 없어. 강제로 자연환경을 광맥으로 탈바꿈시키면 이미 균형은 존재할 수 없게 돼. 목재산업을 자연법칙의 틀 속에 넣어야 균형이 잡히지 그렇지 않으면 균형은 깨져. 우리는 숲속에 잡목림을 그냥 놔둬야 하고, 평온한 지역을 만들어야 하고, 천연 그대로의 숲속 빈터를 내버려 두어야 하며, 자연적인 파종을 돕고, 사냥에 의한 압박을 줄이고, 노루들이 개체수를 스스로 조절하도록 내버려 두어야 해. 그래! 사람은 이 과정에서 쓸모도 없고 포식자들을 대체하지도 못하니 그냥 자기 자리에 머물러 있어야 해.

숲의 이러한 산업화 때문에 아무리 동물들이 고통당하고 있다 한들, 산책자들이나 숲을 이용하는 모든 사람들은 그것이 자연환경에 미치는 피해가 얼마나 막대한지에 대해 인식하고 있을까? 나중에 반응한다면 때는 이미 늦었어. 지금 우리가 책임져야 할 때야. 위기에 처한 원시림을 촬영한답시고 세상 반대쪽에 갈 필요도 없어. 우리의 숲도 생물학적 중요성을 똑같이 갖고 있으며, 우리의 숲도 죽어가고 있어.

숲에 대한 단상:

사람들아,

나는 겨울밤 너희 가정의 불꽃.

한여름 뙤약볕이 내리쬘 때 지붕의 시원한 그늘.

나는 너의 잠자리, 너의 집의 틀
빵을 놓는 탁자, 배의 돛대, 곡괭이의 손잡이, 오두막의 문.

나는 너의 요람의 나무이자 또한 관의 나무.

네 작품의 재료이자 네 세계의 장식품.

나의 기도를 들어줘: 나를 파괴하지 마….

24

클라라가 컸어. 마갈리는 이제 딸이 다른 곳에서 삶을 꾸려나가야 할 때가 되었다는 것을 여러 방법으로 가르쳐주려고 했어. 하지만 클라라는 왜 그래야 하는지 이해하고 싶어 하지 않는 것 같았어. 그래도 마갈리는 딸이 안전하게 살 수 있는 부속 영역을 마련해 두었어. 노력을 기울였지만 허사였고, 어린 암노루는 성숙하고 싶지 않았는지 계속 어미와 함께 있으려 했어. 마갈리는 며칠을 더 참고 기다렸지만 이제 시간이 별로 없었어. 새끼를 또 배고 있었거든. 딸이 아무런 반응을 보이지 않자 결국 마갈리는 작년에 푸제르에게 했듯이 클라라를 영역 밖으로 쫓아냈어. 부속 영역에 정착한 클라라는 자기를 여전히 보살피는 어미를 계속 만나게 될 터였어.

몇 주 뒤, 마갈리는 클라라를 낳았던 바로 그곳에서 새끼 둘을 낳았어. 나는 꼬마들의 이름을 리베르테와 샤를리라고 부르기로 했어.(시각적 함정으로 가득 찬 무대에서 맞는 캐릭터를 찾아야 하는 이 게임에 경의를 표하며.) 앞서 마갈리가 내게 클라라를 소개시켜 주었던 때는 클라라가 거의 젖을 뗄 때쯤이었어. 나는 그때가 되어서야 비로소 그녀 뒤에서 걷기 시작할 수 있었지.

그런데 이번에는 불과 두 달 만에 새끼들을 내게 보여주었어. 나는 우쭐해졌어. 마갈리의 태도를 보면 마치 나에게 새끼들을 소개하는 걸 자랑스러워하는 것 같았어. 나를 점점 높이 평가해주는 것 같다는 생각이 들었어. 굳이 꼬마들을 만나보려 하지도 않았는데, 내가 찾아가면 마갈리는 내게 새끼들을 맡기고 휴식을 취할 수 있어서 좋아했어.

한 해가 서서히 흘러갔고 봄이 돌아오자, 이전과 똑같은 상황이 반복되었어. 생후 6개월이 지난 어린 노루들은 이제 어미를 떠나 다른 곳으로 가서 제 살길을 찾아야 했어. 작은 암컷인 리베르테는 마갈리의 또 다른 부속 영역을 물려받았어. 클라라는 2년 연속 자기 영역을 사용할 권리를 부여받았어. 샤를리는 그런 호의를 받을 자격이 없었는데, 수컷이기 때문이야. 스스로 자기 영역을 획득하러 떠나든지 지도자 노릇을 해줄 아비나 동무를 찾아야 했어. 결국 그는 쿠라쥬를 보호자로 택했어. 당연한 일이었어. 그들은 겨울을 함께 보냈고 죽이 아주 잘 맞았던 데다 쿠라쥬가 마갈리에게 사랑에 빠진 것 같았으니까.

산림 개발이 수노루와 암노루의 영역을 강하게 압박하게 되면 서식지가 감소하면서 어린 노루들은 이전과 달리 출생지 바깥에서 정착하기가 어려워져. 그들은 이웃과의 모든 대립을 피하면서 바뀐 상

마갈리와 프뤼넬. 마갈리는 프뤼넬에게 식물을 식별하는 법을 가르쳤다. 이 구역에서는 영양분이 풍부해서 암노루들이 아주 좋아하는 노란광대수염을 쉽게 찾을 수 있다. 프뤼넬도 나중에 새끼를 가지면 노란광대수염이 필요할 것이다.

황에 적응하고, 어미와 매우 밀접한 관계를 유지하면서 결국 어미의 영역에 곧장 정착하게 돼. 이러한 유소성(留巢性, 동물이 태어난 곳에 머무르거나 태어난 곳 근처로 돌아오는 성질-옮긴이) 행동으로 인해 이전 해에 태어난 형제자매나 가까운 친척과 가까이 지내게 되면서 노루의 무리는 커져. 그 결과 애정 표현이 증가하고 공격성은 줄어들며 서식지의 넓이는 감소하게 돼.

봄은 빨리 지나갔고 이어지는 여름도 마냥 아름답기만 했어. 쿠라쥬가 마갈리의 환심을 사려고 하자 마갈리는 선뜻 그 젊은 구혼자를 받아들였어. 그들은 새끼 둘을 갖게 되었어. 내가 에스푸아르(희망이라는 뜻-옮긴이)라고 부른 수컷과, 프뤼넬(야생자두라는 뜻-옮긴이)이라고 이름 붙인 깨물어주고 싶을 정도로 귀여운 암컷이었어. 근데 마갈리가 올해에는 아예 기다리지 않았어. 모반(날 때부터 몸에 있는 반점-옮긴이)이 사라지자마자 내게 어여쁜 새끼 둘을 보여주었는데, 어림짐작으로 체중이 각각 1.5킬로 정도 나갈 것 같았어. 그들의 산책길을 뒤따라가는 건 무척이나 기쁜 일이었지. 그러던 어느 날 마갈리가 피곤할 때 꼬마들을 나에게 맡긴다는 것을 알게 되었어! 보통 암노루는 새끼들로부터 200미터 이상 떨어져 있지 않아. 하지만 마갈리는 다 계획이 있는 어미였어. 출산 후 기운이 약해진 그녀가 나를 젖먹이들의 공식 보모로 채용하여, 그 '부인'이 풀이 가득한 목초지로 볼일 보러 간 동안 나는 말썽꾸러기 어린 새끼들과 함께 있었어. 어미가 자리에 없으니까 새끼들은 내가 큰소리를 쳐도 고분고분 따르는 일이

드물었지. 새끼들은 사방팔방으로 뛰어다니며 소란을 피웠어. 에스푸아르는 온 체중을 실어 누이를 쓰러뜨리려 했어. 때때로 프뤼넬이 쓰러지면서 에스푸아르도 같이 쓰러지게 하는 등 아주 야단법석을 떨었지.

다행스럽게도 마갈리는 모유 수유를 하러 하루에 열 번씩은 돌아와야 했어. 젖은 비축할 수 없고, 프뤼넬과 에스푸아르에게 자연에서 얻은 필수 에너지와 영양분을 전달해야 했으니까. 이 점에서도 숲의 먹이 자원의 품질과 다양성, 그리고 양을 보존하는 건 중요해. 새끼들의 생존문제와 직결되는 문제니까. 강우량도 아주 중요한데, 봄이 끝날 무렵에는 특히 더 중요해. 먹이의 질과 가용성을 결정하는 것은 물이야. 물이 많을수록 먹이가 많아지고, 젖도 풍부해지며, 새끼들은 더욱 건강해져. 프뤼넬과 에스푸아르는 하루에 약 150그램씩 빠르게 체중이 불고 있었어. 따라서 마갈리는 새끼 두 마리의 하루 300그램의 성장을 보장하기 위해서는 매일 양질의 젖을 많이 생산해야 해. 마갈리의 체중이 불과 25킬로그램에 불과하다는 사실에 비추어본다면 예외적인 기록이지. 오늘날 발굽동물은 모성애에 가장 힘쓰는 동물로 알려져 있어. 불행하게도 어미들의 이러한 헌신에도 불구하고 인간이 개발하고 주기적으로 벌목하는 산림 지역에 사는 암노루들은 어린 새끼에게 필요한 질 좋은 젖을 충분한 양만큼 제공할 수 없어.

노란광대수염이나 쐐기풀 같은 먹이가 줄어들고 있어. 그 결과, 성별의 구분 없이 첫 3개월 동안 새끼들의 사망률이 높아졌어. 슬프게

귀염둥이 프뤼넬. 나에게 프뤼넬은 '여자 세비'다. 똑똑하고 호기심 많고 장난기 가득한 성격의 프뤼넬은 주변 세상에 대해 알고 싶어 하는 욕구가 강하다.

도 생존한 새끼들도 비슷한 길을 가는 것을 보게 돼. 가령 기온이 가장 낮은 이른 아침의 추위에 몸이 허약해진 새끼 한 마리가 영양실조로 죽은 모습을 발견하게 되면, 그 얼마 뒤에 두 번째 죽음을 보는 게 드문 일이 아니야. 마갈리가 우리 어린 귀염둥이 둘에게 젖을 먹이고는 나를 보러왔어. 불현듯 암노루의 젖을 맛보고 싶다는 생각이 들었어. 오랫동안 그녀를 어루만지고는 마치 자동차 정비사처럼 친구 밑으로 기어들어 가 두 쌍의 젖무덤에 다가갔어. 살살 젖꼭지를 누르며 부드럽게 쓰다듬자 서서히 젖이 나왔어. 달인 우유를 좋아하기만 한다면 정말 맛있게 느껴져. 말린 꽃과 아티초크를 넣고 달인 연유 같았어. 뜻밖의 맛이었는데 그리 나쁘지 않았어! 게다가 노루의 젖은 암소젖이나 염소젖보다 영양분이 훨씬 풍부해. 하지만 그저 맛이 어떤지를 알아보려 했던 것뿐이었기에, 크고 튼튼해지는 데 젖을 필요로 하는 새끼들을 위해 남겨두기로 했어.

프뤼넬은 믿을 수 없을 정도로 똑똑한 '여자 세비'야. 쿠라쥬의 유전자가 어느 정도 관련있는 게 아닐까 싶어. 나는 노루의 여러 가계(家系)를 구분했어. 내가 시푸앵트 가(家)라고 부르는 시푸앵트, 셰비, 쿠라쥬, 폴렌의 가족이 있고, 보르드 가(家)로는 메프, 마갈리와 라플라크가 있어. 또 코부르 가, 볼루안 가 등이 있어. 가계 혈통은 저마다 독특해. 뿔이 돋아난 모양새라든가, 주둥이가 길쭉하거나 아니거나, 털이 다소 주황색이라든가, 가족의 특성을 지닌 "얼굴"이라든가 하는 식으로 가계 혈통의 고유한 특징이 나타나. 두 혈통 사이의 교잡은 때

때로 놀라울 정도의 아름다움과 지능을 가진 노루를 탄생시키기도 해. 나는 시푸앵트 가계가 대단히 강력한 유전자를 갖고 있음을 알아차렸어. 세대마다 셰비나 그의 아비와 비슷한 성격이 나타나는데, 프뤼넬도 그랬어. 보르드 가도 마찬가지야. 조심성이 많은 가족으로 수컷의 뿔이 "V"자 모양으로 자라는 반면, 시푸앵트 가의 뿔은 위로 똑바로 향하면서 서로 가까워지는 경향이 있어.

　프뤼넬과 즐거운 시간을 많이 보냈어. 그녀는 나를 조금은 '인간 큰오빠'처럼 여겼어. 내가 그녀의 쌍둥이 오빠를 대신하지는 못하지만 그녀는 나를 아주 좋게 평가했지. 마갈리가 햇볕을 쬐며 쉬려고 아들과 같이 떠나면, 움직이고 싶어 하지 않는 프뤼넬과 같이 있었어. 우리는 모자가 멀어지도록 놔두고 나무 밑에서 쉬었어. 빛은 눈부셨고, 여름날 햇살이 지붕 모양으로 우거진 나뭇가지들을 뚫고 들어왔어. 프뤼넬은 습관처럼 주둥이를 무릎 밑에 놓고 몸을 둥글게 말고서는 내 바로 옆에 누워 있었어. 돌연 하늘에서 무시무시한 소리와 함께 그림자 하나가 다가와 우리를 깜짝 놀라게 했어. 말똥가리가 우리를 향해 돌진하고 있었던 거야! 세상에, 녀석의 발톱이 내 팔과 다리를 긁어 상처를 냈어. 내 눈을 의심하지 않을 수 없었어! 맹금류도 나를 그곳에서 보게 될 줄은 몰랐던 듯 놀라고 당황한 것 같았어. 말똥가리는 자고 있는 프뤼넬을 보자 새끼 노루를 사냥하겠다는 유혹에 빠졌던 거야. 그에게는 운이 없는 일이었는데, 내가 옆에 함께 있다는 것을 못 보았던 게 확실했어. 어쨌든 나는 비극적인 결말로부터 프뤼넬을 구했어. 포식자는 삐이이익 울며 날아갔어. 프뤼넬은 바들바들 떨며 어미를 향해 달려갔어. 어미는 멀지 않은 곳에 있었어. 내 팔엔 피가 묻었고 종아리는 심하게 긁혔어. 마갈리가 우리가 겁에 질려 다가오는 것을 보았어. 그리곤 황급히 프뤼넬에게 달려가 핥아주면서 작은 소리로 다독여 주었어. 그러자 프뤼넬은 진정되었고, 나도 진정되었어. 나는 그사이에 물통에 담겨있던 물을 내 상처 위에 흘리며 닦아냈어. 이번에는 마갈리가 내게 다가오더니 냄새를 맡고는 나를 핥아주었어. 우리는 안전한 곳으로 돌아가 심장이 철렁 내려앉은 날을 마무리했어.

여름과 가을은 별일 없이 지나갔어. 나는 지치긴 했지만 다가오는 겨울에 대해 낙관적이었어. 하지만 실상 놀라운 일은 아직 끝난 게 아니었어. 동지가 다가오고 있었어. 밤이 괴롭도록 길었어. 세비와 푸제르, 폴렌이 영역을 옮겼어. 그들은 너도밤나무 숲을 떠나 소나무 숲 깊숙이 들어갔는데 가까이에서는 벌목이 진행 중이었어. 소나무 숲은 이듬해 봄에 그들에게 부드러운 잎과 새싹을 내줄 거야. 프뤼넬과 그녀의 오빠는 아직 어렸지만 폴렌은 이미 한 살이 지난 예쁜 숙녀가 되었어. 나는 비교적 멀리 떨어져 있는 두 영역 사이를 오갔어. 매서운 추위가 몰려오며 기상이 악화되었어. 그렇지만 어느 날 저녁, 어떤 따스함이 다시 내 마음에 위안을 주었어. 비가 조금씩 내리고 있었지만 전에 겪었던 것에 비하면 견딜 만한 것이었어. 쿠라쥬가 우리와 합류했을 때 나는 마갈리, 프뤼넬, 에스푸아르와 함께 있었어. 잠시 깜빡 조는 동안 프뤼넬이 바로 내 앞에 누워 있었어. 눈을 떴을 때 눈이 내리고 있었어. 흩날리는 눈에 프뤼넬은 하얀 눈송이를 살포시 뒤집어썼어. 광활한 숲은 쥐 죽은 듯 고요했어. 눈송이가 땅에 소복소복 쌓이는 소리만 들렸어. 스웨터를 적시기 시작한 눈송이를 되도록 빨리 털어내려고 자리에서 일어났어. 프뤼넬은 여전히 누워있으면서 몸을 핥다가 종종 자기 앞에 떨어지는 눈송이의 냄새를 맡았어. 밤새도록 눈이 내렸어. 아침이 되자 추위가 돌아왔어. 그때까지는 들판이 다 눈으로 뒤덮여 있지 않았기에 먹이를 찾는 게 그리 어렵지 않았어. 화창한 낮이 이어지자 우리는 햇볕 가득한 숲에서 전나무 가지를 깔고 휴식을 취했어. 밤이 다가오자 하늘이 다시 흐려졌어. 눈발이 공중에서 휘몰아치며 추위가 좀 더 심해졌고, 밤이 되자 폭설이 쏟아져 내렸어. 동쪽에서 불어오는 얼음장 같은 바람에 내 몸은 순식간에 차가워졌어. 눈이 얼음으로 변했어. 이른 아침의 숲은 아이스 링크처럼 보였어. 눈이 계속 내려 겹겹이 쌓인 데다 얼어붙어 있었기에 땅을 밟고 다니기가 무척 힘들었어. 마갈리와 프뤼넬은 여러 번 넘어질 뻔했는데 나도 마찬가지였어. 검은딸기나무의 잎사귀들이 꽁꽁 얼어붙었어. 암노루들이 땅을 긁어 눈과 나뭇잎들을 치웠고 그렇게 파낸 구멍에 누워 오랫동안 휴식을 취했어.

기상 조건이 극도로 악화되면 노루는 신진대사를 늦출 수 있어. 프뤼넬은 내 앞에 있으면서 온종일 거의 꼼짝하지 않았기에 활동량을 상당히 줄일 수 있었어. 이 현상은 노루가 제1위의 흡수 면적을 줄이는 능력으로 설명할 수 있어. 그들로 하여금 먹거나 움직일 필요성도 느끼게 하지 않고 또 체중을 많이 잃지 않은 채 장기간의 혹독한 기후를 견딜 수 있게 해주는 거야. 일종의 초능력인데, 불행히도 나로선 범접할 수 없는 능력이지. 나는 오히려 홍학과 비슷한 자세를 취했어. 한쪽 다리를 들어 올려 쭉 편 다음 다른 쪽 다리를 쭉 펴기를 계속 반복했어. 그리고 내가 할 수 있는 일이라곤 한 영역에서 다른 영역으로 미끄러지듯 오가며 모두 괜찮은지 확인하는 것뿐이었어. 하지만 그런 일을 하는 것도 지치더라고. 그래서 나도 활동량을 줄이고 불을 피워 따뜻한 물을 마시며 몸을 따뜻하게 덥혔어. 해야 할 일은 이 난관이 지나갈 때까지 참을성 있게 기다리는 것뿐이었어. 허기가 몰려왔지만 그걸 생각해선 안 됐어. 나는 조그만 새끼들이 보여준 비상한 저항력에 감탄했어. 그들은 모두 허약하고 여려 보였지만 결코 불평하거나 한탄하지 않았어. 따라야 할 좋은 본보기였지.

저기압성 폭풍이 물러나고, 온화한 기온의 바람과 비가 되돌아오면서 삶은 계속되었어. 이러한 기후의 우발성으로 인해 나는 이 모험이 어떤 결말을 보게 될지에 대해 다시 돌이켜보게 되었어. 이번에 나는 그토록 사랑하는 노루와 함께한 야생의 세계에서 갈팡질팡하며 몸이 조금씩 쇠약해졌지만 살아남아서 내 친구들의 이야기를 전하기 위해서라도 인간세계로 돌아갈 필요가 있었어.

25

지쳤어. 힘이 빠지고 있다는 것을 온몸 마디마디에서 느꼈어. 지난 겨울의 추위와 눈, 빙판에 특히 녹초가 됐어. 지난날 내 몸에 흘러넘치던 활력을 되찾게 할 먹이를 거의 찾을 수 없었어. 나의 영역은 생기를 잃었어. 더 이상 잎사귀도 없었고 풀도 없었어. 야생벚나무도, 광대수염도, 쐐기풀도 모두 다 잘려 나갔어. 숲속 빈터는 옥수수밭으로 바뀌었어. 먹이를 찾으려면 몇 킬로미터를 이동해야 했어. 더 나쁜 것은, '왕의 길'(왕의 사냥을 용이하게 하려고 숲을 사방팔방으로 가로지르며 냈던 길–옮긴이) 양쪽을 모두 베어버렸다는 것이었어. 이전에는 자작나무, 야생벚나무, 서양물푸레나무, 소사나무가 있었어. 그 나무들은 눈에 띄지 않고 길을 보며 걸어 다닐 수 있는 시각적 방패 역할을 했었어. 이제 그 방패가 사라져서 숲속 250미터까지도 훤히 들여다볼 수 있게 되었어.

이 모험을 끝내는 것에 대해 점점 더 많이 생각했어. 친구들을 버리고 떠난다는 게 아니라, 인간세계의 어떤 곳이 아닌, 숲에서 친구들 옆에서 죽는 편이 낫겠다는 생각이 들었어. 아무도 내 시신을 찾을 수 없는 곳을 몇 군데 알고 있었어. 특히 영역이 사라지는 문제에 직면하여 내 친구들이 매일 견디는 고통에 대해 생각했고, 그들을 위해서나 나를 위해서나 사람도 야생동물이 되면 그렇게 될 수 있다는 말을 전해주는 것도 좋겠다고 생각했어. 잘난 체가 아니라, 나는 어떤 면에서는 그들의 대변인이 될 수 있을 것 같았어.

다게는 늙었고, 이 여름의 이른 아침에 우리는 재충전을 하려고 잠을 자며 시간을 보냈어. 몇 시간이 흘러 해가 떠오르자 다게가 사람들이 자주 다니는 숲길을 건너고 싶어 했어. 그의 영역은 올해 분할되었어. 지난 몇 년간 태어난 어린 노루들의 힘이 강해지면서 다게의 노쇠한 뼈가 더 이상 그들과 경쟁할 수 없었기 때문이야. 엉망으로 자란 뿔은 골관절염으로 변형된 노인들의 손가락을 연상시켰어. 이전의 위대함은 사라졌고, 새 세대는 그를 이제 늙고 애처로운 폐물로 여겼어. 그는 자리에서 일어나 단장을 좀 한 다음 주위의 잎사귀들을 조금 먹고는 길을 따라 조심조심 걸어갔어. 그리고 숲속 통로 옆에 있는 가시덤불에서 시간을 좀 때웠어. 잠시 후, 아침길 산책자들이 다가왔어. 다게가 고개 들어 그들을 관찰하고는 목을 곧게 세우고 우리가 있던 덤불로 돌아갔어. 산책자들이 지나갔어. 우리는 한참 동안 서 있었어. 다게는 다시 누워 되새김질을 했어.

잠시 휴식을 취한 뒤, 그가 일어나 몸을 털더니 다시 숲길을 향해 걸어갔어. 막 길을 건너려고 할 때 자전거를 탄 사람이 자갈투성이 길

너도밤나무 잎사귀. 셰비가 태어난 곳으로 오늘날 이 지대의 숲은 더 이상 존재하지 않는다. 일차 벌목이 자작나무, 소사나무, 개암나무, 야생자두나무를 사라지게 했고, 둘째 벌목이 참나무와 기타 귀중한 나무들을 없앴으며, 싹 쓸어버린 셋째 벌목은 황량한 벌판만 남겼다.

을 전속력으로 내려왔어. 다시, 다게가 숲 안쪽에 자라는 꽃을 좀 먹는 것을 감수했어. 시간이 흘러 다시 기회를 엿봐서 조심스럽게 나아가 막 길을 건너려고 할 때 모터크로스 경주를 하는 오토바이 석 대가 전속력으로 지나갔어. 이번에 다게는 덤불 속으로 뛰어들어 가파른 비탈길로 올라가더니 오토바이가 멀어지는 것을 지켜보았어. 그렇게 한 발짝 앞으로 갔다가 세 발짝 뒤로 가는 식으로 끊임없이 같은 동작을 반복했어. 우리가 그 고약한 길을 건너려고 할 때마다 산책자와 자동차가, 단체 관광객들과 운동객이 우리를 깜짝 놀라게 했고, 가엾은 다게에게 영역 표시를 하지 못하게 했어.

날이 저물수록 인간의 활동이 드물어졌어. 길가로 돌아오자 고요함도 돌아온 것 같았어. 해가 막 지려는 즈음, 진정된 다게가 여기저기서 풀을 뜯어 먹고 있을 때 저 멀리서 어떤 사람이 반려동물을 산책시키고 있는 것을 보았어. 멀리 있는 그들을 본 다게는 다시 덤불 속으로 들어갔어. 아, 정말 지긋지긋해! 나는 숲속에서 완벽하게 숨어 살기를 택한 이래 처음으로 그 산책자를 만나보아야겠다고 마음먹었어.

26

"좋은 저녁이네요…."

"좋은 저녁이네요, 무슈."

산책자는 여자로 혼자였어. 청바지에 흰색 플리스 재킷을 입었고 사각형의 철제 안경을 쓰고 있었어. 나의 시선이 그녀의 작은 양치기 개 피레니안 쉽독에게 향했어. 그 개가 나한테서 다게의 냄새를 맡을까 봐 두려웠어. 개가 공격적으로 바뀌어 내가 통제할 수 없는 상황이 온다면 어떻게 대응해야 할지 알 수 없었거든. 나는 자못 상냥한 태도를 취했어. 아무튼 내 기억 속에 있는 상냥한 태도에 가장 가까운 것이었어.

"알려드리는 게 좋을 거 같아서요. 좀 더 올라가면 커다란 멧돼지가 있어요. 당신과 개의 안전을 위해서 돌아가는 게 좋을 거 같아요."

"아, 감사합니다! 당신 말이 맞아요. 숲을 잘 아시나 봐요?"

"네, 저는 동물 사진작가예요."

우리는 숲 바깥, 마을 끄트머리에 있는 주차장에 주차된 그녀의 차까지 되돌아가면서 동물과 숲 세계의 아름다움에 대해 얘기를 나누었어. 그녀는 내게 도로정비 계획이 진행 중이고 곧 공사가 시작되면 숲이 훼손될 거라고 알려주었어. 그녀는 자연에 애착을 갖고 있는 듯했는데, 왜 그런지 모르게, 그녀에게 노루 친구들에 대해 이야기하기 시작했어.

"흥미진진하네요! 노루의 삶을 알리기 위한 사진전을 여는 게 어때요?"

이상한 느낌이 나를 사로잡았어. 전에 느껴본 적 없는 감정이었어. 동물과 자연을 사랑하는 그 여자가 내 마음을 움직였어. 그녀는 내 친구들을 지키는 데 관심이 있는 것 같았어. 우리는 땅거미가 내려앉았을 무렵 헤어졌어. 나는 마침내 도로를 건널 수 있었던 다게에게로 돌아갔어. 내 기억 속으로 다시 떠오르곤 했던 그 여자의 얼굴을 잊을 수 없었어. 또 그녀의 냄새에 대한 기억도 떠나지 않았어.

몇 달 뒤, 나는 문명세계와 다시 접촉했고 루비에 근처의 작은 마을인 레당에서 첫 사진전을 열었어. 수많은 사람들이 내 사진을 보겠다고, 또 집에서 멀지 않은 곳에서 야생동물에 둘러싸여 10년 동안 살며 산책자들을 두렵게 했던 괴상한 인물이 어떻게 생겼는지 보려고 모여들었어. 사람들과 얘기를 나눌 때면 나의 모든 감각은 날이 서 있었어. 그들의 냄새에서 근심과 짜증, 두려움과 경계심을 확인했어. 그것이 나를 무척 힘들게 했어. 여러 해 동안 느끼지 못했던 번민의 근원이었어.

대화를 나누다가 내게서 몇 미터 떨어진 곳에 걸린 셰비의 아름다운 사진 중 한 장 앞에 몇 달 전 내 마음을 움직였던 사람이 있다는 것을 알았어. 그녀가 미소 지으며 다가왔어.

"숲에서 만났던 바로 그분이군요?"

"네, 맞아요. 안녕하세요?"

나의 모험이 더는 외롭지 않으리라는 걸 그 순간 알았어. 그리고 그녀가 내 친구들을 만나게 될 유일한 사람이라는 것도 알았어. 12월 31일, 숲의 축제에서 마갈리, 프뤼넬, 에스푸아르, 메프를 그녀에게 소개했어. 이제 노루의 비범한 세계를 아는 사람이 적어도 우리 두 사람이 되었어.

에필로그

숲은 노루와 인간의 세계에 없어서는 안 되는 요소입니다. 숲은 양육자이며 보호자로서, 만약 우리가 저마다 착실하게 지켜준다면 앞으로도 오랫동안 그렇게 될 것입니다. 숲은 얼음장 같은 겨울 추위로부터 우리를 보호하고, 여름 땡볕으로부터 무더위를 누그러뜨리고, 맹렬하게 부는 바람을 약하게 해주고, 사막화를 막아줍니다. 숲은 풍요로워서 우리에게 식량과 치료약을 가져다줍니다. 숲이 없다면 우리의 풍경은 황폐해지고 삶은 완전한 정적 속에 빠지게 될 것입니다. 대기를 정화하고 모든 생명체에 필수적인 산소를 호흡할 수 있게 해주는 것도 숲입니다. 숲이 없으면 동물의 삶도 없습니다. 그러니 숲을 존중하고, 그곳에 사는 동물을 존중해야 합니다. 우리의 이기심 때문에 숲에 지고 있는 빚을 잊어선 안 됩니다. 노루와 함께 사는 것은 숲과 함께 사는 것입니다. 인간이 지구에 나타난 것은 백만 년도 안 되었습니다. 저는 모험을 하는 동안, 위대한 자연사 속 우리의 얼마 안 되는 역사에 대해 관심을 갖게 되었습니다. 길모퉁이에서 노루와 눈길을 마주친 적이 전혀 없으신가요? 대다수는 은밀하게 목격됩니다만, 도시가 확장되면서 이제 도시 근교 지역에서도 우리들 대부분이 이 멋진 동물과 자주 마주치게 되었습니다. 그렇지만 마주치는 것은 아는 것과는 다릅니다. 우리 인간의 활동은 숲을 산업화함으로써 노루의 삶을 사회적 차원까지 개입하고 있습니다. 동물의 삶에 관심이 있는 분이라면 누구나 숲이 무엇인지 이해할 수밖에 없습니다. 그러므로 우리 시대의 경제적, 산업적 난관 앞에서, 저는 삶의 공유에 바탕을 둔 노루에 대한 이 새로운 접근이 인간을 환경 속에 더 잘 통합케 하는 문을 열 수 있게 하기를 바랍니다.

에른스트 비헤르트(독일의 작가. 나치스에 반대하다가 수용소에 갇히기도 하였다. 대표작으로 『단순한 생활』(1939)이 있다-옮긴이)는 다음과 같은 훌륭한 말을 남겼습니다.

숲은 인과관계의 법칙이 명확한 방식으로 지배하는 동안에만 평화롭고 안전한 집이라는 인상을 줄 수 있다. 이 법칙이 힘을 잃고 자의적인 힘이 나무의 세계를 지배하는 것처럼 보이는 순간부터 숲은 위협으로 가득 찬 거처가 될 것이다.

길들이기

2021년 2월에 프랑스에서 출간된 이 책은 출간 직후 수만 부가 팔리면서 큰 성공을 거두었다. 모든 번역은 어려운데 이 책의 번역자에겐 한 가지 좋은 점이 있다. 원서 출간 뒤 본국에서 나온 반응을 독자들에게 전할 수 있다는 점이다.

"당신은 인간 쪽인가요, 노루 쪽인가요?"

"스스로 노루로 여긴 적이 있었나요?"

라디오, 텔레비전, 신문 등의 인터뷰에 초청된 저자가 웃는 얼굴로 대답했다.

"인간 쪽입니다." "노루라고 여긴 적은 한 번도 없었어요."

파리에서 에트르타(Etretat), 르아브르(Le Havre), 카앙(Caen) 등 노르망디 해안 도시로 가려면 노르망디 지방의 수도인 루앙(Rouen)을 지난다. 파리에서 출발한 자동차 여행객들이 루앙에 닿기 전에 마지막으로 들르는 휴게소가 '보르(Bord) 휴게소'인데, 나도 가족들과 함께 노르망디 해안을 찾아갈 때 자주 들렀던 곳이다. 야생동물 사진작가

이기도 한 저자는 거기서 아주 가까운 보르 숲에서 인간 문명과 단절된 '자연인'으로 7년 동안 살았다. '자유로운 영혼의 소유자'는 외로운 존재일 수밖에 없다고 하지만, 그에게 진정한 친구이며 가족인 노루가 옆에 없었더라면 불가능했을 것이다. 그를 '자연인'으로 표현하기에는 부족한 점이 있다. 그는 인간으로 야생의 자연에서 살았다기보다 인간이되 야생의 노루로(인간-노루) 살았기 때문이다. 이 책의 매력 포인트이면서 특장점으로 수많은 독자들을 끌어들일 수 있었던 것은 무엇보다 생텍쥐페리의 『어린 왕자』에게도 소중했던 '길들이기'를 저자가 자신에게 적용했다는 점일 것이다. 다시 말해, 늑대를 개로 길들이듯이 노루를 길들인 게 아니라, 그 반대로 자신의 몸을 노루에 맞춰 길들였다는 점이다. 그는 노루처럼 먹었고 노루처럼 행동했고 노루처럼 쪽잠을 잤다.

숲에서 7년을 살았던 저자와 함께 숲의 페이지를 넘기는 것은 매우 아름답고도 감동적인 여행이다. 친구의 어깨에 기대어 우는 것은 흔한 일이지만 그 친구가 노루가 되면 경이로운 세계에 들어선다. 그러기까지의 세월은 오래 걸리지 않았다. "그렇게 몇 년을 보내고 나니 그들이 무엇으로 고통 받는지, 또 무엇을 필요로 하는지 알게 되었어요."

지금 저자는 서른여섯 살이다. 젊은 노루 다게가 저자를 멋진 신세계로 초대했을 때 그의 나이는 아직 스무 살도 되지 않았다. 지금 보르 숲에는 다게도, 저자가 이 책을 헌정한 셰비도 살고 있지 않다.

진한 아쉬움이 남는 것은 나만의 일이 아닐 것이다.

"다시 숲으로 돌아갈 것인가?"

"돌아가지 않을 것이다. 오늘날 숲은 먹을 것의 다양성을 잃어 살아갈 수가 없다. 인간이 벌인 개발 때문이다."

이 문답은 저자가 숲을 떠난 지 11년이 지난 뒤에 책을 출간하게 된 배경을 일부분 설명한다. 숲의 노루들이, 동물들이, 야생의 자연이 위기에 처했다는 것, 그래서 인간의 개발을 멈추도록 여론을 형성하기 위해서라는 것, 나아가 인간은 이제 동물, 그리고 자연과 맺는 관계를 재설정해야 한다는 것….

개인주의자이면서 사회생활을 한다는 점에서 노루는 인간을 닮았다. 그런 노루와 저자는 서로 자유로운 존재로서 공존한다. 그 관계에는 지배, 예속이 없다. 소유도 있을 수 없다. 오로지 존중이 있을 뿐이다. 책을 읽는 독자라면 수긍할 테지만, 다게나 세비, 또는 다른 노루가 저자와 맺은 관계는 목줄에 연결된 견공과 인간이 맺는 관계가 아니다. 견공보다는 자유롭지만 먹이를 인간에 의존하는 묘공이 인간과 맺는 관계도 아니다. 나에게 이 책은 지금까지 인간이 자연과 동물을 대해왔던, 소유, 지배, 개발의 시선을 거두어들이라는 시위로 다가왔다. 인간에 맞춰 자연과 동물을 길들여왔던 인간들에게 이제는 자연과 동물에 맞춰 스스로 길들이라는 메시지 말이다.

_홍세화

텐트도 침낭도 없이 야생에서 보낸 7년

노루인간

조프루아 들로름
홍세화 옮김

초판 1쇄 발행 _ 2021년 11월 5일
펴낸이 강경미 **｜ 펴낸곳** 꾸리에 **｜ 디자인** 앨리스
출판등록 2008년 8월 1일 제313-2008-000125호
주소 121-840 서울 마포구 합정동 성지길 36, 3층
전화 02-336-5032 **｜ 팩스** 02-336-5034
전자우편 courrierbook@naver.com

ISBN 9788994682419